Francisco Fontanilles y Quintanilla

Autonosuya

curiosa novela político-burlesca

Edición, introducción y notas
Jorge Camacho

 - STOCKCERO -

ISBN: 978-1-934768-86-0

Library of Congress Control Number: 2016944472

Set in Linotype Granjon font family typeface
Printed in the United States of America on acid-free paper.

Published by Stockcero, Inc.
3785 N.W. 82nd Avenue
Doral, FL 33166
USA
stockcero@stockcero.com

www.stockcero.com

Francisco Fontanilles y Quintanilla

Autonosuya

curiosa novela político-burlesca

D. Francisco Fontanilles y Quintanilla
Director de «El Imparcial de Matanzas» (Cuba)

Índice

«El fantasma del Separatismo» *El Imparcial* 30 de diciembre
de 1895. Hemeroteca de la Biblioteca Nacional de España

Introducción

El «miedo al negro» en *Autonosuya, curiosa novela político-burlesca* (1886) de Francisco Fontanilles y Quintanilla.

> «fue un pretexto antes la presencia del negro y la esclavitud para no conceder a la Isla libertades y derechos, profetizando los esclavistas y reaccionarios males terribles si tal se hubiera hecho.» (196)
> Francisco Augusto Conte

Las aspiraciones del Partido liberal de Cuba (1892)

A pesar de que el Partido Liberal de Cuba se formó oficialmente en 1878, sus orígenes se remontan a la primera mitad del siglo XIX, con la aparición de un grupo de letrados, hacendados azucareros y hombres de negocios que aspiraban a reformar la economía y la política cubana. El estallido de la guerra en 1868, sin embargo, después numerosas ocasiones en que el gobierno de España ignoró las peticiones de estos reformistas, hizo que se suspendieran por diez años las negociaciones, y que solamente al concluir la guerra, se autorizara la creación de un Partido que representaba sus intereses. Fue así como se fundó en 1878 El Partido Liberal de Cuba, y junto con él, un periódico que apoyaba sus ideas: *El Triunfo*. Ricardo del Monte, uno de sus principales líderes, fue quien escribió el «Manifiesto al país» donde los autonomistas pedían cambios políticos, sociales y económicos para Cuba. Entre ellos, como dice Max Henríquez Ureña en *Panorama histórico de la literatura cubana*, la «vigencia de las libertades necesarias con extensión de los derechos individuales a todos los españoles, y la aplicación íntegra de las leyes orgánicas de la península.» Pedían la emancipación de los esclavos «que hubieran quedado en servidumbre, reglamentación del trabajo y educación del liberto;» así como la «rebaja de aranceles y supresión de los derechos de exportación» (11).

Este partido entró en colisión entonces con los conservadores, fieles al régimen colonial, quienes crearon la Unión Constitucional, que estaba conformado en su mayoría por terratenientes, hombres de negocio y con títulos nobiliarios. Francisco Fontanilles y Quintanilla pertenecía a este núcleo conservador, con lo cual no extraña que su novela recree las tensiones entre ambos bandos políticos y muestre un panorama desolador si triunfaban los primeros.

En lo que sigue me interesa analizar esta novela, reeditada en 1897 durante la «guerra necesaria», junto con otras del mismo tema como *El Separatista* (1895) de López Bago, y *La Cariátide* (1897) de Ubaldo Romero Quiñones, para mostrar los argumentos que manejaban quienes se oponían a la independencia o a la autonomía de Cuba. Es decir, me interesa explorar cómo se «narra» la nación que se está configurando desde ambos lados del espectro político: lo que proponen los separatistas y lo que critican los leales a la Corona. Una de las líneas argumentales para imaginar la futura nación era «el miedo al negro», un dispositivo retórico usado como un arma de persuasión contra quienes aspiraban a la independencia de Cuba o contra aquellos factores culturales o políticos que amenazaban la Cuba «blanca y española».[1]

Autonosuya, curiosa novela político-burlesca, como reza el subtítulo, apareció originalmente en el periódico *El imparcial* de Matanzas en 1886 y cuenta lo que sucedería en Cuba si España le concediera la autonomía. Su autor fue el catalán Francisco Fontanilles y Quintanilla (1833-1887), quien pasó parte de su vida en la Isla y editó varios periódicos que apoyaban la causa integrista. Entre ellos *La Voz de España* y *El Imparcial* de Matanzas. Desde el punto de vista narrativo, *Autonosuya* es una especie de chanza política escrita especialmente contra los autonomistas, quienes al final de la narración ven que la «utopía» que habían soñado se había convertido en una fatal pesadilla. El resultado es una novela sobre dos dictadores (los hermanos Sabicú), en que se nos muestra un escenario distópico como el que aparece en *Los viajes de Gulliver* (1726) de Jonathan Swift o *La Máquina del Tiempo* (1895) de H. G. Wells (Abad «La utopía y la distopía»). En este tipo de narraciones el futuro se nos presenta como caótico e indeseable, por lo cual esta narración tiene el objetivo de ser una crítica social a la política y la composición racial de la Isla. Está escrita en el lenguaje directo y satírico del que hacían gala muchos periódicos de la época como *El Moro Muza*, *Don Palomo* y *Don Circunstancias*, y cuando se publica en forma de novela en 1897, aparece con un prólogo de Eva Canel, una escritora asturiana también residente en la Isla, quien se refiere así a su contenido:

> En tono jocoso refiere las impresiones de un autonomista que vuelve a Cuba y encuentra sancionada la independencia: relata los horrores de la

---

[1]   Para más detalles sobre este punto véase mi libro *Miedo negro, poder blanco en la Cuba Colonial* (Iberoamericana-Vervuert, 2015)

> demagogia africana, la ruina de la Hacienda re-
> presentada por moneda fiduciaria de valor no-
> minal, cuenta los apuros que pasa aquel ex-
> tranjero en su propia tierra, perseguido como fiera
> y tratado peor que perro con hidrofobia. (48)

Como muestra entonces esta descripción sucinta de la narración, a pesar de estar escrita, como dice Canel, en un tono «jocoso» realmente hay muy poco de qué reírse en ella. Comienza la narración con la llegada del autonomista Pantaleón Visiones a La Habana a mediados de 1900. Pantaleón se encontraba en Noruega cuando se enteró que el gobierno de España les había concedido el auto-gobierno a los cubanos. Cuando llegó al puerto, sin embargo, se encontró que de la machina que antes se utilizaba para el comercio colgaban las cabezas de los autonomistas reincidentes como si fuera de un árbol ensangrentado.

Según explica el narrador, los autonomistas habían llegado a La Habana hacía seis meses con la noticia del autogobierno. Fueron recibidos con fiestas y discursos, pero una vez que convocaron a las elecciones «con sufragio universal» (68) fueron derrotados por los separatistas, con cuyo triunfo se institucionalizó la dictadura. Desaparecieron así los «hombres ilustrados» en el gobierno, y solo había «ignorancia, barbarie e instintos feroces» (24). Cada vez que sonaba el cañonazo por la noche cincuenta cabezas pasan a «adornar el árbol de la libertad» (21).

El líder del gobierno era S. M el emperador Sabicú II, que había derrocado a su hermano, el mulato Sabicú I, un «hombre rudo, cruel y sanguinario» (22) que había sido contramayoral de un ingenio y quien al estilo de cualquier tirano de Hispanoamérica, trataba con mano dura a sus enemigos políticos. Los declaraba «traidores a la Patria», y los mandaba a prisión, los asesinaba, o los condenaba a muerte en Consejo de Guerra (32). Este panorama caótico y brutal es el que se desarrolla a través de toda la narración, cuyo principal objetivo es disuadir a los lectores de apoyar la autonomía o la independencia de la Isla. Cualquiera de las dos, nos aclara el narrador, iba a parar en desastre.

De modo que el dictador mulato encarna en esta novela todos los miedos que azuzaron los blancos dueños de esclavos y partidarios del régimen colonial en Cuba: miedo a que sucediera una revolución similar a la de Haití que pusiera patas arriba la jerarquía política y racial de la colonia. Miedo a que predominaran los negros y mulatos sobre los blancos en una «lucha de razas» y hundieran a Cuba en la «barbarie». Antes de ser asesinado por el dictador, uno de los intelectuales que va a morir predice, por tanto, que aun si mataban a Sabicú I le sucedería otro peor: «Ese soldado semi-salvaje que se llama Sabicú, hoy Ministro de la Guerra, será mañana el dictador; ahogará en sangre la libertad, y tal vez su cabeza rodará también para ceder el puesto a otro más salvaje que él o a la anarquía» (24).

Las demandas de los autonomistas, con sus oradores, y sus constantes críticas a la Metrópoli, habían hecho posible el cambio de poderes por la vía legal y pacífica, pero ellos mismos habían sido víctimas de estos hombres «semi-salvajes» que había puesto al pueblo en el poder, y había hundido el país en la miseria.

No había sido la primera vez en la historia que algo así había ocurrido. Fontanilles pone de ejemplo la Revolución francesa, con sus «Marat, Saint Just, Robespierre y la guillotina» (53), la Revolución haitiana y otras de Latinoamérica. Pero a diferencia de los europeos, estos hombres que tomaron el poder en Cuba eran «salvajes» y no lo hicieron irónicamente a través de la guerra, sino de las leyes que cada vez cierran más el círculo de poder alrededor del tirano, un «Nuevo Marat» que les ordena a sus hombres matar a sus oponentes (32).

Es elocuente, por tanto, la forma en que Fontanilles reproduce algunos modos de comportarse los dictadores en Hispanoamérica, calcando las formas europeas e incluso latinoamericanas. Sabicú I nombra «notables» de su régimen a sus parientes, amigos y deudos (32). Se autonombra «Emperador de Cuba por la Asamblea de Notables» (32). Sin embargo, su hermano Sabicú II, se rebela contra él y arenga a la Cámara para que se le unan y lo derroten. Como consecuencia, la asamblea lo elige «Generalísimo del Ejército Libertador», una parodia de los revolucionarios, y una vez que Sabicú I se ve acosado por las tropas de su hermano, huye y se refugia en un buque norteamericano que lo lleva a los EE.UU (43). El «Generalísimo» toma entonces posesión pero el país se divide en federales y unitarios que promovían constantemente motines, y asonadas, y como consecuencia se autoproclama «Emperador Sabicú II» y vuelve a hundir el país en el caos y miles de muertos (43). Es durante el reinado de Sabicú II, que el doctor Pantaleón Visiones llega a Cuba y escucha en la cárcel todo lo que había acontecido en los últimos seis meses.

La trama de la novela transcurre, por consiguiente, entre la «utopía» que esperaban realizar los autonomistas y la realidad a la que se enfrentan después de su separación de España. Es una historia cíclica, marcada por dos tiranías y si los autonomistas aspiraban a auto-gobernarse, y mantener sus lazos con «la Madre Patria», la realidad que sobreviene es otra. En 1900 Cuba es un pueblo gobernado por hombres «semi-salvajes», negros y mulatos, sedientos de sangre y listos a cobrarse todo lo que sufrieron bajo los blancos.

La trama de la novela apoya de esta forma la tesis de los integristas, quienes afirmaban que Cuba sería «negra o española» y que no había otra solución para Cuba que no fuera su total subordinación a la Península. De lo cual se deriva también que tanto los autonomistas como los separatistas fueran tratados con rudeza en estas páginas, ya que de lo que se trata es de resaltar la incapacidad de los cubanos para gobernarse, de un pueblo partidario en su mayoría del separatismo, que una vez que pudiera votar en las urnas, iba a poner en el poder un hombre como ellos (40). No en balde, una de las propuestas de las autoridades españolas para salvar a Cuba, con la cual está de acuerdo el narrador, es la anexión de la isla a España, como ocurrió en Santo Domingo, la instauración de leyes especiales para arreglar el caos moral, y el «sufragio limitado» (40) que tenía la función de dejar al margen de la política y de las decisiones gubernamentales sujetos como Sabicú.

Esta forma de pensar los sujetos coloniales explica los espacios de «reconcentración» de Valeriano Weyler en la guerra de 1895, en los que por primera vez la población civil nativa se convirtió en un objetivo militar justificable para lograr el Gobierno aislar a los revolucionarios en la guerra. Esta estrategia conllevó, como se sabe, a la muerte de miles de hombres, mujeres y niños desechables para los objetivos del aparato militar. Son sujetos marcados desde un inicio como inferiores y rechazados por ser un peligro potencial para el Estado o la Nación. De estos sujetos mestizos solamente podían surgir hombres «bárbaros» y «sanguinarios».

Al igual, por tanto, que otras novelas de dictadores en Hispanoamérica, la narración de Fontanilles toma datos de la vida real y elabora un posible escenario en Cuba. Toma representantes de cada uno de los grupos políticos que se le oponían al Gobierno, de las clases sociales que habían surgido después de la colonización, y nos muestra un panorama desolador en que los separatistas son quienes mandan y el tirano controla cada movimiento de sus súbditos. Este tirano impone numerosas reglas para controlar el país. Es capaz de desbaratar conspiraciones en su contra, y torturar o intimidar a sus enemigos políticos para que abandonen la lucha o emigren del país. Porque la historia de Cuba después de la autonomía o de la independencia, nos repite varias veces el narrador, no sería diferente a la de otras antiguas colonias después que se separaron de España a principios del siglo XIX, solo que en este caso la historia no es contada desde la perspectiva de un crítico del antiguo régimen, sino por alguien que representa el mismo poder colonial: un narrador integrista que se apoya en los autonomistas para criticar la independencia.

Esto hace que *Autonosuya* no sea una narración escrita desde el punto de vista de un disidente político, acosado por los partidarios del dictador como ocurre en el cuento de Esteban Echevarría, «El Matadero»; que el autor no critique tampoco a los hermanos Sabicús desde posiciones democráticas, republicanas o pida la separación de poderes. En esta novela quien habla es un partidario del gobierno colonial que pinta un panorama devastador en manos de los revolucionarios y se apresta a alertar a sus lectores para que algo así no ocurra en la Isla. Por consiguiente esta novela tiene una función didáctica, utilitaria e ideológica, como corresponde a la literatura satírica y las narrativas sobre los dictadores de la época. Entre los que están Juan Manuel de Rosas, quien fue duramente criticado por varios intelectuales que le dedicaron sus obras, entre ellas «El Matadero» de Echeverría (escrito en 1838 o 1840, pero publicado en 1871), *Los Misterios del Plata* (1852), de Juana Manuela Gorriti y *Amalia* (1851-1855) de José Mármol. Una crítica que se repite, además, en el ensayo más influyente de su época, *Facundo civilización o barbarie* (1845), de Domingo Faustino Sarmiento.

En estas narraciones románticas el dictador es también un producto de la naturaleza. Actúa con una fuerza fatalista y arrastra a todo un pueblo consigo. Como dice Juan Carlos García en *El dictador en la literatura hispanoamericana*, el estudio de estas obras muestra que los escritores unieron la realidad y la fantasía, y se apoyaron en los presupuestos de la novela histórica que estimulaba la crítica social (80).

En su novela, Fontanilles menciona el nombre de varios dictadores de la primera mitad del siglo XIX. De México menciona a Antonio López de Santa Anna (1795-1876), de Argentina a Juan Manuel de Rosas (1793-1877), y del Caribe a Faustin-Élie Soulouque (1782-1873). Irónicamente, la crítica a estos tiranos la hace quien después sería en la novela el mismo «Emperador Sabicu II». Según el narrador, entre los que apoyaron la proposición para derrotar Sabicú I «se hallaba un mulato, hermano natural de Sabicú, el cual apostrofó al jefe del Poder ejecutivo, con los dictados de tirano y traidor a la patria, comparándolo con Santana (sic)[,] Rosas[,] Souluque (sic) y todos los dictadores de América» (31). La mención por parte del mulato Sabicú a estos hombres fuertes, y la crítica implícita, no sería más que una muestra, como dice Eva Canel en la introducción de esta novela, de la «demagogia africana». Especialmente cuando sabemos que Soulouque fue él mismo un antiguo esclavo que tomó parte en la revolución haitiana de 1804. Fue presidente de Haití en 1847 y se proclamó «Emperador Faustino I» en 1849. Durante su reinado, Soulouque también se rodeó de un grupo de hombres incondicionales a él y creó una nobleza negra en su corte, pero fue destronado en 1859 por sus enemigos políticos, y escapó refugiándose en un barco británico.

Todo esto nos dice que a pesar de que Fontanilles habla en la novela de una lucha entre «federales y unitarios» que nunca hubo en Cuba, pero sí en la Argentina bajo el gobierno de Juan Manuel de Rosas, lo más probable es que estuviera pensando en Soulouque cuando escribió esta novela, y tuviera en mente términos como imitación malograda, «anarquía», «barbarie» y leyes y nombramientos absurdos como el mismo del «Emperador», conceptos que usualmente se asociaban a las clases ordinarias, a los negros, los indígenas y los blancos pobres. Todo lo cual convertía estos hombres en sujetos risibles y no merecedores de respeto. Por eso, ya sea por un camino o por otro, el narrador nos alerta que Cuba se encaminaba al caos político, y sobre todo, a «la guerra de razas» si buscaba la independencia. El fin de esta guerra sería la preponderancia de los negros y mulatos como Sabicú, sobre los blancos, la destrucción de las antiguas instituciones, y la instauración de la «barbarie.» Eran estos hombres los que después de tomar el poder iban a destruir el país, impulsados como estaban «por odios de raza y de familia» (42), dos conceptos básicos para entender la narrativa de la guerra de Independencia en Cuba: la familia, por las alianzas matrimoniales que se crean en las distintas obras y en la sociedad colonial, ya que estaban prohibidos los «casamientos desiguales», y los «odios» por los fantasmas del miedo que hemos mencionado. Miedo no solo a un posible ajuste de cuentas por parte de los antiguos esclavos, sino también a que los norteamericanos invadieran a Cuba y llenaran la isla de negros sureños. En su novela, por tanto, Fontanilles explota todas estas fobias. Hace que emigren todos los blancos de Cuba, que los dictadores maten con «odio» a los que quedaban, y que el país caiga en la barbarie.

Quienes pedían un cambio del estatus político, aun si este cambio no implicaba la independencia, eran en la opinión del narrador, irresponsables y debían cargar con la «culpa» de sus consecuencias. De ahí que el título de la novela sea una especie de rechazo a la misma idea del autogobierno y el traspaso de poderes de los conservadores a los autonomistas, ya que si estos lograban conseguir el poder no iban a conseguir dirigir el país como ellos querían, sino como se lo impusieran los otros. No conseguirían la «autono-mía» sino la «autono-suya». Trabajarían para los separatistas y los norteamericanos, ya que la novela termina con la toma de posesión de la Isla por parte de los Estados Unidos, los negros sureños, y la implantación de un sistema económico y social que le era extraño a los cubanos.

Llama la atención, por tanto, que este final apocalíptico, no venga de la mano del triunfo de los separatistas a través de las armas, sino de los que eran considerados menos «enemigos» de España, quienes aspiraban a transformar el país dentro del marco legislativo y la nacionalidad española. Una forma tortuosa de conseguir cambios políticos, y casi siempre plagada de desconfianzas por parte del gobierno español que desde que terminó la guerra de 1878 laboró con intensidad para derrotar cualquier reforma que exigieron los cubanos. ¿Por qué entonces el sobresalto de Fontanilles? ¿Por qué pone como origen del mal y la futura anarquía la labor de los autonomistas?

Primeramente porque el Partido Liberal autonomista a pesar de aparecer en la historia cubana al mismo nivel que los conservadores, era percibido por estos como otro enemigo del proyecto colonial.[2] Su espectro ideológico iba del ala más radical a la más ortodoxa. En él había hombres que lucharon en la Guerra de los Diez Años como Antonio Zambrana, «laborantes» como José María Galvéz, quien interceptaba mensajes en el palacio del Gobernador General, y también había figuras descollantes como José Antonio Cortina, amigo de José Martí, quien exigía en 1879 la abolición final e incondicional de la esclavitud. A este grupo, sin embargo, se le oponía como dicen Marta Bizcarrondo y Antonio Elorza en *El dilema autonomista 1878-1898*, otro más ortodoxo o completamente opuesto a la guerra representado por Rafael Montoro (84-86).

En 1886, además, el mismo año en que se publica esta novela en *El Imparcial*, el Partido Autonomista ganó en las Cortes de España lo que fue su triunfo más importante en la historia: la abolición final de la esclavitud en la Isla. También al igual que ellos, regresaron a Cuba en la novela con la declaración final del autogobierno y fueron recibidos con grandes celebraciones. En esta década, por otra parte, se publican en Cuba elogios a los independentistas y un año después, en 1887, aparecerá el primer libro de cuentos editado en la Isla que contiene dos narraciones sobre los revolucionarios. Una de Manuel S. Pichardo «Cuento que pica en Historia», que trata sobre el fusilamiento del poeta Juan Clemente Zenea y los estudiantes

---

2   Según Max Henríquez Ureña, «si se comparan los dos programas salta a la vista que no hay entre uno y otro diferencias esenciales, pues la formula política asimilista [que proponían los de la Unión Constitucional] es semejante a la que proponían los liberales, aunque estos no emplearan el vocablo» (*Panorama histórico,* 13).

de Medicina, y otra de Pedro Molina «Las tres cruces» sobre la destrucción de una familia en la guerra de 1868.

Fontanilles, por tanto, no debió ver con buenos ojos estos cambios, ni el aumento del poder de los autonomistas, ni el reconocimiento de la igualdad de los derechos de los negros, porque era a través de estas mismas concesiones que los revolucionarios llegan al poder en la novela. Su preocupación, podríamos decirse entonces, son las licencias que la Metrópoli le da a la Isla, y las instituciones que permitían estos cambios pacíficos y justos. De hecho, el poder de los revolucionarios es por naturaleza anti-institucional en esta narración. Ellos son los mulatos «salvajes» cuyo mismo nombre evoca imágenes de la naturaleza y el monte, ya que «sabicú» es el nombre un árbol muy común en Cuba, tan resistente que su madera se usaba para fabricar buques y carretas en el siglo XIX. Su color es de un bronceado oscuro por lo cual pudo servirle también al autor para establecer una comparación con la piel del mulato. Una vez que ambos hermanos llegan al poder dictan leyes para acabar con estas mismas instituciones «por creerlas focos de conspiración» (50). Cierran las sociedades tanto de recreo como de estudio que había creado España en la Isla, la Universidad, las escuelas de primera enseñanzas y destruyen todo lo que les recordaba el progreso y la civilización como los mismos ferrocarriles y el telégrafo. Para Sabicú II «la academia de medicina» y los militares eran las únicas instituciones que merecían mantenerse porque la primera salvaba vidas y la segunda, las eliminaba a machetazos. Así mostraban «el odio de este salvaje a la civilización» (50), un «odio» epidermizado, concentrado en una raza con rencor, que reaparece a lo largo del siglo XIX en la literatura y en la política como pretexto para llevar a cabo represiones sangrientas como la que sucedió a raíz de la supuesta «conspiración de La Escalera» en 1844 o como ahora, para disuadir a los cubanos en su propósito de buscar reformas políticas o independizarse de España.

Esta construcción del otro como «bárbaro», recordemos, es la misma retórica que utilizó Sarmiento en *Facundo* (1845), para atacar a los partidarios de Rosas, pero ahora Fontanilles la usa para atacar a los cubanos, ya que al igual que Sarmiento, Fontanilles entendía por «civilización» Europa y la «Madre Patria», con todos sus valores morales, materiales y espirituales, mientras que por «barbarie» entendía la América, sus razas aborígenes, mestizas y el paisaje.

Este maniqueísmo reduccionista ponía la primera de estas categorías por encima de la segunda, y justificaba de esta forma la imposición de valores europeos sobre los latinoamericanos. Por esto, la novela de Fontanilles trata de crear una consciencia del «nosotros» colonial-europeo frente al «ellos» nativo-mestizo-africano, una consciencia que reaparecerá en muchos textos de la Guerra de Independencia para referirse a los blancos españoles, y a sus hijos, que hablan el mismo idioma, tienen la misma religión y sienten el mismo orgullo de pertenecer a España. Si los primeros representaban la «civilización», los segundos representaban la «barbarie». Eran una fuerza anárquica que quería acabar, no solo con el poder colonial, sino también con los mismos valores europeos que los españoles trajeron al Nuevo Mundo. Por tanto sus acciones no están motivadas por la racionalidad, ni la ilustración, sino por las expresiones emocionales de odio, pasión, rencor e «instintos» fieros. «Nosotros,» en otras palabras, eran los que se auto-titulaban originarios de la riqueza y la civilización de la Isla mientras que «ellos» eran los hermanos «Sabicú» con lo cual anclaban las diferencias ideológicas en cuestiones raciales, históricas y culturales.

En términos categóricos, por tanto, los separatistas están definidos en esta novela como el otro de lo humano. Son vaciados en su interior de cualquier categoría identitaria que los configuraran como seres productivos, espirituales y civilizados, una forma de exclusión como dice Agamben que ha sido típica de los tratadistas antiguos y modernos. Funciona «animalizando lo humano, aislando lo no humano en el hombre: Homo aladus, o el hombre-mono» (52). De tal manera que si «en la máquina de los modernos, el afuera se produce por medio de la exclusión de un dentro y lo inhumano por la animalización de lo humano, aquí el dentro se obtiene por medio de la inclusión de un afuera y el no hombre por la humanización de un animal: el simio-hombre, el enfant sauvage u Homo ferus, pero también y sobre todo, por el esclavo, el bárbaro, el extranjero como figuras de un animal en forma humana» (52).

Es de esperar, por consiguiente, que en las representaciones integristas de los sujetos coloniales abunde esta forma de exclusión, que aparezcan con frecuencia esclavos, negros y separatistas con figura de simio, trepados en los árboles o saliendo de la manigua con cara de miedo. Ellos están movidos –como en el caso de los hermanos Sabicús— por el instinto, la ferocidad natural, y el deseo de destruir la civilización, valores que estos escritores tienen precisamente como la base de lo «humano». De este grupo no están ausentes, por supuesto, algunos pensadores autonomistas, ya que si leemos las propuestas y algunos de sus presupuestos filosóficos podemos ver que ellos estaban tan lejos de aspirar a la «barbarie» como los mismos integristas o revolucionarios, ya que para los autonomistas como Antonio Govín o Rafael Montoro, el autonomismo surgía tras un análisis científico de la sociedad cubana, que había ido evolucionado, hasta alcanzar en tal proceso su individualización. Necesitaban ahora libertad política, para como decía Govín «servir los intereses de la civilización» (cit. Bizcarrondo /Elorza 97).

De hecho los autonomistas cubanos veían también la población negra con resquemor, creían en su inferioridad transitoria, y pensaban que era conveniente alguna forma de autoritarismo para mantenerla a raya. Pensaban al igual que los conservadores y algunos independentistas en el carácter directivo de la raza blanca y por consiguiente tenían una percepción elitista y europea del poder algo que deja bien claro Fontanilles cuando hace repetidas menciones a los «ilustrados» del grupo.

En su novela Fontanailles consciente, por tanto, de la forma en que pensaban la mayoría de los autonomistas, los enfrenta al panorama opuesto que ellos mismos habían deseado, un panorama traído de la mano por los separatistas negros y mulatos quienes representaban los valores contrarios a los suyos. En un pasaje de la novela el narrador describe, por ejemplo, un grupo de conspiradores del Partido Liberal que eran llevados por las calles a prisión después de haber sido sorprendidos por el dictador. Dice el narrador:

> A su paso por las calles se fue engrosando una turba de chiquillos que les siguió hasta la fortaleza; gritando: ¡Mueran los tiranos, viva Sabicú II.
> —¡Quien nos había de decir que seríamos tiranos!, dijo riendo uno de los presos a don José
> —Esos inocentes, contestó gravemente don José, aun cuando no saben lo que dicen proclaman una terrible verdad. Nosotros hemos disfrutado de

todos los beneficios de la esclavitud a que ellos estuvieron sometidos.

Cuando por efecto de la revolución española de
1868, vimos que ya no podíamos seguir explotándolos, los vendimos y los escarnecimos, llamándonos hipócritamente sus libertadores. (74)

De esta forma, el narrador o alguno de los personajes
de la novela, hace referencia a su «culpa» o al remordi-
miento por haber tenido esclavos, por haber abogado por
la autonomía y por haberlos llevado más tarde al poder.
Este sentimiento, agrego, recorre toda la literatura de la
guerra. Es similar al que muestran escritores como Julio
Rosas en *La campana de la tarde o vivir muriendo* y Antonio
Zambrana en *El negro Francisco*. Es la aceptación, por
parte de los antiguos amos de su «crimen» por haber es-
clavizado a los negros, pero en el caso de estos escritores
esta culpa no puede saldarse más que dándoles la libertad
a sus siervos o muriendo en la Guerra de Secesión de los
Estados Unidos. Es una culpa que tiene una base teológica,
ya que estos autores al igual que Fontanilles, apelan constantemente a la Biblia para recordarnos que los pecadores
debían pagar su deudas, y por ser un texto sagrado quien
estipula esta razón, se convierte en una verdad revelada
que iba a suceder a pesar de todo. De ahí que el autor hable
del «dedo de Dios» y de la «providencia» (130-140), asu-
miendo de esta forma la posición de un profeta y la novela
la forma de una profecía.

De modo que si en autores independentistas como
Rosas y Zambrana la culpa se manifiesta como un sentimiento positivo, auténtico y humano, en la novela de Fontanilles aparece como una decisión mal tomada por las consecuencias funestas que trajo más tarde para ellos. Con
razón don José, quien a medida que transcurre la narración

se convierte en la voz de la consciencia de los autonomistas arrepentidos, ve como algo normal y justo que los niños los insulten en la calle porque al final si bien ellos no sabían lo que decían, tenían razón porque «Nosotros» habíamos tenido esclavos. Ese «nosotros» por consiguiente implica otra crítica a los autonomistas y en general, a todos los blancos que poseyeron esclavos o se beneficiaron de ellos, lo que ancla nuevamente las diferencias en una clase y una etnia, para azuzar de esta forma el miedo al cambio social.

Es de esperar entonces que la novela termine en otra revolución para derrotar ésta vez a Sabicú II. Solo que Sabicú II logra encontrar una aliado en los EE.UU., –donde ya se había refugiado su hermano–, y los norteamericanos apoyan su gobierno e imponen en Cuba un sistema similar al norteamericano. Dice el narrador que Sabicú:

> Solicitó y obtuvo la alianza con los Estados Unidos de América y entablóse empeñada lucha que dio por resultado que invadieran el país los *yankees* en su mayor parte pertenecientes a la raza de color, que puebla en el Sur de la Gran Nación, y arrollados los cubanos hubieron de sucumbir a su dominación quedando definitivamente constituido el *Cuban State*, cuyo gobernador llamábase Coronel *Shark* (Tiburón). (79)

Los norteamericanos, dirigidos por el Coronel Shark toman posesión de la Isla, amparados, dice Fontanielles en la doctrina Monroe y los soldados negros del Sur. De modo que a pesar de que el texto intenta poner los hechos en un estilo «jocoso» donde abundan el doble sentido y los juegos de palabra como en este último pasaje, la realidad que describe es otra. No hay nada de que reírse. Realmente detrás de cada una de ellas hay un intento de atemorizar a los lectores, poniendo ante sus ojos la situación que pudiera parecerles más catastrófica. Parodiando lo que dijo Martí de *Mi tío el empleado* de Ramón Meza, pudiéramos decir que esta novela no debió provocar risa, sino una «mueca hecha con los labios ensangrentados» en sus lectores (OC 5, 126). El propio Martí diría más tarde en Nuestra América, publicado en el *Partido Liberal* de México: «peca contra la Humanidad el que fomente y propague la oposición y el odio de razas (OC VI, 22), algo que ciertamente hace esta novela al mostrar el rencor que sentían los antiguos esclavos por los blancos, y darles la razón a los negros por sentirse de esta forma, augurando un escenario en que se hacen realidad los miedos más profundos de la sociedad blanca criolla.

Pero a diferencia de Fontanilles, los independentistas argumentaron que los blancos cubanos habían pagado su «deuda» a los negros cuando los liberaron en 1868 y los hicieron ciudadanos. En la manigua, argumentaba Martí, todos fueron iguales y por tanto una Cuba libre de España no sería diferente.[3] Para los que se oponían al cambio social, como Fontanilles y Quintanilla, no obstante, era imprescindible subrayar estas diferencias porque de esta forma se rechazaba la causa independentista y la propuesta de un gobierno autónomo, representativo, que se opusiera al monopolio de los peninsulares y del gobierno español. Si la visión de Fontanilles era completamente pesimista, la de Martí y los revolucionarios era, y tenía que ser, optimista. No podían invocar a una guerra sin expresar su completa seguridad de que ésta no terminaría en una confrontación racial o siendo dominados los blancos por los negros cubanos o los del Sur de los EE.UU. Este es el final,

---

3   He trabajado el tema en «El miedo y la deuda en las crónicas de Patria de José Martí» Islas 2. 9 (2008).

sin embargo, que muestra Fontanilles. Después de la intervención norteamericana, nos dice el narrador, don José se va a vivir con un antiguo esclavo hasta que un día, un *«policemen* negro» llega a la casa y le entrega un documento escrito en inglés. Al leerlo don José se entera que deben pagar impuestos por las tierras que tenían, aún si no las cultivaban, o de lo contrario sus propiedades serían subastadas para pagar esta deuda. Como ninguno de los dos tiene dinero, deciden dejarlas y abandonar el país. Así es como don José, su antiguo esclavo, junto con su familia, y el doctor Pantaleón Visiones, regresan a vivir a España quien los acoge voluntariosa como una madre. De este modo concluye la novela. Dice don José al marcharse:

> Nos empeñamos en tener una patria fuera de la patria, una nación fuera de la nación. Estos infelices negros a quienes enseñamos todos los derechos y ningún deber, aprovecharon la lección y quisieron a su vez con mayor razón que nosotros tener su pequeña patria, donde ellos solo dominasen. Hoy ellos y nosotros somos iguales; ni unos ni otros podemos vivir en el país en que nacimos, porque somos en él extrangeros (sic) y los que lo dominan nos rechazan. (86)

Estas palabras resumirán el mensaje político de la obra con la cual se trata de sellar a un mismo tiempo el destino de Cuba. La novela se reimprimirá once años después cuando vuelve a estallar la guerra separatista en 1895. El objetivo es tratar de disuadir a los cubanos para que no vayan a luchar y de este modo favorecer la causa colonial. Reaparecerá en un ambiente aún más enrarecido y tenso que el que precedió la contienda, o el periodo de entreguerras, que va de 1878 a 1895. Este periodo se caracteriza por los esfuerzos de publicistas y escritores tanto españoles como cubanos por tratar de ganar la opinión pública, alentar a sus partidarios a ir a la guerra y demostrar los riesgos y ventajas que conllevaba ir a luchar en contra o a favor de España.

En tal sentido, la novela de Fontanilles no es la única que propaga el «miedo al negro». Este miedo también aparece en poemas, artículos, proclamas políticas y caricaturas tan racistas como la misma narración de Fontanilles. Algunas de ellas son la caricatura de Manuel Moliné (1833-1901) «Espías mambissos» en *La campana de Gracia*, la titulada «los héroes 'oscuros'» de Cilla en *Barcelona Cómica*, las carátulas de los libros de Emilio Souléve *Historia de la insurrección de Cuba (1869-1879)* y Francisco Durante, *Salsa Mambisa* (1897), y las que publicó *El Imparcial* y *Los Lunes del Imparcial* de Madrid en 1895 y 1896.

En la caricatura de *El Imparcial* de Madrid, sacada de *La campana de Gracia*, se ve la enorme cabeza de un negro, con colmillos filosos que sale del mar para tragarse a Cuba que sale huyendo con un salvavidas que lleva el nombre de España. Se titula «El fantasma del Separatismo» lo cual nos dice, nuevamente, que en la prensa colonial se equipara ambos conceptos: libertad y africanía.

En la otra caricatura, titulada «Los ocios de Maceo», publicada el 2 de marzo de 1896 en el *Lunes del Imparcial*, se ve al general mambí junto con su mujer, comiéndose partes del cuerpo de un hombre blanco, que ha sido previamente asado. Parte del torso ensangrentado del hombre blanco está colgado de un pincho de carnicería a un lado de la escena, mientras que otro soldado cuece una pierna. Justo arriba de esta caricatura aparecen unos versos de Manuel del Palacio (1831-1906), dramaturgo, periodista y poeta satírico español, titulado «chispas» que terminan diciendo:

> Maceo lleva amazonas
> montadas a la francesa;
> ¿Y no hay un perro de presa
> que se meriende a esas monas? (1).

El editor del *Lunes del Imparcial* era José Ortega y Munilla (1856-1922), cubano de nacimiento, que se trasladó a Madrid con su padre cuando aún era niño y siempre se consideró español. Munilla fue el padre del filósofo José Ortega y Gasset y la publicación de estas caricaturas, junto con las «chispas» de Palacio y otros insultos parecidos, muestran sus profundos prejuicios raciales y su rencor contra los revolucionarios. Las imágenes que publican estos periódicos, libros, y poemas satíricos, por tanto, muestran figuras grotescas y amenazantes que buscan crear al mismo tiempo miedo y repulsión en los espectadores. Es nuevamente la puesta en funcionamiento de la «máquina antropológica», al decir de Giorgio Agamben, que excluye lo humano y lo interno de todas las representaciones abyectas (47), y ve a los revolucionarios, como dice Jesús López Gómez en la obra de teatro *Cuba* como «hordas disueltas y nómadas» que «se asemejan a reses perseguidas en infernales cacerías» (36). Son, por eso, el epítome del peligro más grave, del horror total, la personificación del animal mismo, motivo por el cual en más de una de estas figuras se recurre a la imagen del caníbal que hizo tan popular el mismo proyecto imperial desde inicios de la colonización de América. Estas imágenes eran las que justificaba, por supuesto, el exterminio de los enemigos de la «Madre Patria» y la expropiación de sus tierras.

Con esta edición crítica de *Autonosuya, novela político burlesca*, me propongo por tanto rescatar una narración ignorada que recrea las tensiones entre los integristas, autonomistas y separatistas en Cuba. De esta forma podemos entender mejor el contexto político racial de la Guerra de Independencia y la relación que esta tiene con otras «novelas de dictadores» en Hispanoamérica.

ESTA EDICIÓN

Esta edición de *Autonosuya, curiosa novela político-burlesca*, está pasada en la de 1897. Esta aparece dividida en catorce capítulos, algunos de los cuales están divididos a su vez en varias partes. El capítulo I está dividido en cuatro partes, y los capítulos II, III, IV, VIII, IX, y XI, XIII en dos, incluyendo en este último capítulo el epílogo de la obra. El capítulo V está dividido en tres. Mientras los numerados VI, VII y XII no tienen ninguna subdivisión. No aparece la marca del capítulo X aunque esto no indica que falten páginas. De hecho, el capítulo IX es el más extenso de la novela. Tiene 3, 354 palabras cuando los otros tienen en promedio 1,500 o menos. Esto nos lleva a pensar que cuando fue editada se unieron los capítulos IX y X. En esta edición, alteramos la escritura cuando era absolutamente necesario para su comprensión.

JORGE CAMACHO

Obras citadas:

Abad, Beatriz. «La utopía y la distopía como herramientas de crítica social» *Mecánico Unicornio. Revista de Ciencia Ficción y Fantasía* 2. 12 (2013) Web.

Agamben, Giorgio. *Lo abierto. El hombre y el animal.* Trad. Antonio Gimeno Cuspinera. Valencia: Pretextos, 2010. Impreso.

Bizcarrondo, Marta y Antonio Elorza. *Cuba / España. El dilema autonomista 1878-1898.* Madrid: Editorial Colibrí, 2000. Impreso.

Camacho, Jorge. *Miedo negro, poder blanco en la Cuba colonial.* Madrid: Iberoamericana, 2015. Impreso.

_____.«El miedo y la deuda en las crónicas de *Patria* de José Martí» *Islas Quarterly Journal of Afro-Cuban issues* 2. 9 (2008): 34-46. Impreso.

Canel, Eva. «Prólogo» *Autonosuya: Curiosa novela politico-burlesca.* La Habana: Imprenta «La Moderna», 1897. 5-8. Impreso.

Cilla. «Los héroes 'oscuros'» *Barcelona Cómica* 9.4. 25 de enero de 1896. Pág. 85.

Conte, Francisco Augusto. *Las aspiraciones del Partido liberal de Cuba.* 1892. Impreso.

Durante, Francisco. *Salsa Mambisa.* México: Eduardo Dublan Impresor, 1897. Impreso.

«El fantasma del Separatismo» *El Imparcial* 30 de diciembre de 1895. Impreso.

«Faustin-Élie Soulouque, Emperor of Haiti.» *Encyclopædia Britannica*. Web.

Fontanilles y Quintanilla, Francisco. *Autonosuya. Curiosa novela politico-burlesca*. La Habana: «La Moderna», 1897. Impreso.

_____.*Compendio de la Historia de España*. La Habana: Imp. militar de la Viuda de Soler y Cª, 1879. Impreso.

_____. *Elementos de aritmética para uso de las escuelas de instrucción primaria elemental y superior*. Puerto Rico: Imp. del Comercio, 1868. Impreso.

García, Juan Carlos. *El dictador en la literatura hispanoamericana*. Santiago de Chile: mosquito comunicaciones, 2000. Impreso.

López Bago, Eduardo. *El Separatista. Novela medico-social*. La Habana: Galeria Literaria, 1895. Impreso.

López Gómez, Jesús. *Cuba. Episodio lirico-dramático*. Música del Maestro Luis Reig. Madrid: Impresor Marquis de Santa Ana, 1896. Impreso.

Martí, José. *Obras Completas*. 26 vols. La Habana: Editorial de Ciencias Sociales, 1991. Impreso.

Martínez Velasco, Eusebio. «Don Francisco Fontanilles y Quintanilla» *La Ilustración española y americana* 32. 11, 15 de enero de 1888. P. 35. Impreso.

Molina, Pedro. «Las tres cruces». *Cuentos de la Habana Elegante*. Ed. Jorge Camacho, Rocío Zalba, Hugo Medrano. Miami: Stokcero, 2014. 153-169. Impreso.

Pichardo, Manuel. «Cuento que pica en historia». *Cuentos de la Habana Elegante*. Ed. Jorge Camacho, Rocío Zalba, Hugo Medrano. Miami:

Stokcero, 2014. 69-74. Impreso.

Quiñones, Ubaldo Romero. *La Cariatide: novela por la guerra de Cuba*. Madrid: F.G. Pérez 1897. Impreso.

Rosas, Julio. *La campana de la tarde: ó Vivir muriendo. Novela cubana*. La Habana: Imprenta, El altar de Guttemberg, 1873. Impreso.

Souléve, Emilio. *Historia de la insurrección de Cuba (1869-1879)*. Barcelona: Establecimiento Tipográfico-Editorial de Juan Pons, 1879-1880. Impreso.

Ureña, Max Henríquez. *Panorama histórico de la literatura cubana (1492-1952)*. 2ndo tomo. Puerto Rico: Ediciones Mirador, 1963. Impreso.

Zambrana y Vázquez, Antonio. *El negro Francisco. Novela Original de Costumbres cubanas*. Santiago: Imprenta de la Librería del Mercurio, 1875. Impreso.

AUTONOSUYA

CURIOSA NOVELA POLITICO-BURLESCA,

ESCRITA EN EL AÑO DE 1886

POR

† D. Francisco Fontanilles y Quintanilla

REPUTADO ESCRITOR DE ESTA ANTILLA
Y DIRECTOR QUE FUÉ DE VARIAS PUBLICACIONES,
ENTRE OTRAS DE El Lego, La Razón, La Voz de Cuba,
El Clamor Y El Imparcial de Matanzas.

HABANA

Imprenta y papelería "La Moderna," Obispo 35
1897

*Portada original de la novela Autonosuya, curiosa novela
político-burlesca (1897)*

Autonosuya

curiosa novela político-burlesca

Francisco Fontanilles y Quintanilla

Al lector

Consiste el mérito de esta obra en que su autor, mi inolvidable padre político D. Francisco Fontanilles, (q. e. p. d.), tan conocido en esta Isla, como empleado público y periodista, predijo en 1886, los horrores que había de presenciar Cuba, a fines del presente siglo, originados por las intrigas de gente ambiciosa que un día abusó de las debilidades de un bondadoso gobernante, hechos que desgraciadamente se han comprobado y que estamos presenciando en estos momentos.

Tan entretenida novela, la publicó en varios capítulos que vieron la luz en la Sección de Variedades de El Imparcial de Matanzas, diario que fundó en aquel año y que dirigió hasta su muerte; por cuya razón está escrita y sin pretensiones y al correr de la pluma, como destinada al periódico, que ya se sabe con la precipitación con que se confecciona. No obstante esto, resulta como verá el amable lector, una chistosa historia, que revela el conocimiento que tenía de las cuestiones antillanas, mi querido padre político, y que desgraciadamente no se equivocaba al predecir lo que había de suceder ante tantos y tantos desaciertos como los que se han cometido.

Eva Canel, escritora notable y celebrada publicista, mi respetable amiga, me ha honrado con el prólogo de la Autonosuya: favor que en extremo le agradezco por lo que vale y termino rogando al apreciable lector acoja con benevolencia este libro y del que, aunque ligero y jocoso, pueden sacar provechosa enseñanza cuantas personas leales y sensatas existen en esta preciada porción de la Madre Patria que, afortunadamente, son las más.

Carlos Luis M. de Bejar

Prólogo

No he prologueado en mi vida ni yo soy amiga de prologuear.

Mis opiniones respecto a los prólogos son contundentes.

¡Qué los haga el autor del libro!

Pero como el autor de *Autonosuya* ha muerto debía tocar a cualquiera escritor unas cuantas páginas como preámbulo, prefacio, introducción o proemio que de todo puede salir algo sin ser *todo* de nada, y ese *cualquiera* resulta serlo mi persona por gusto y voluntad de doña Pilar Fontanilles de Béjar, cariñosa y excelente hija del autor de este libro.

Pilar Fontanilles es una profesora distinguida, una esposa buena, una madre amante y una escritora que escribe *bonito* como dicen en mí siempre recordada América del Sur.

Con todas estas circunstancias, modestia a la altura de sus méritos y el culto idólatra que guarda en su corazón para el autor de sus días tenía que serme simpática y no solo simpática sino querida, la mujer abnegada que comparte con el compañero bien amado la lucha por la existencia.

Me pidió el prólogo y allá va eso.

Y como es el primero pondremos debajo aquello del pintamonas:

«Si sale con barbas San Antón
y sino la purísima Concepción.»

Había oído decir *de pasada* que de los directores de *La Voz de Cuba* uno se llamaba Fontanilles.

No tenía más noticia respecto a este soldado de la prensa, y como todo lo que a la prensa se refiere alcanza la vida efímera de un día, cruzó por el caleidoscopio de la imaginación aquel nombre, como pasaron sus artículos, de polémica con los hombres que bullían en la precisa época que fueron escritos.

A juzgar por el artículo cronológico que tengo a la vista, la vida de D. Francisco Fontanilles ha sido una serie no interrumpida de luchas amargas, ¿dónde están las dulces?, decepciones, de batallas libradas defendiendo una idea y de ideas atropellándose para ganar batallas.

En ese incesante vaivén del periodismo, circunscrito a las estrecheces del campanario, como inevitablemente lo está el periodismo provincial: en ese mundo informe, de alientos que se apagan, de energías que reviven, de aplausos interesados, de censuras rencorosas, de cariños que alientan, de odios que matan, de aplausos que malean y de censuras injustísimas, ha luchado el señor Fontanilles como han luchado otros y como no lucharán los que vienen pisándonos los talones; porque en los comienzos del siglo XX y ya no falta mucho, ni el periodismo será una carrera, ni la prensa un sacerdocio, ni los hombres cogerán la pluma para otra cosa que para escribir ataques entre cuyos renglones se lea un memorial pidiendo canongías.

El señor Fontanilles ha sido siempre fiel a sus principios de integridad nacional primero y de asimilación nobilísima y fraternal después: veterano de esa idea ha muerto sustentándola y como recuerdo indeleble de sus principios nos ha dejado una serie de artículos que en forma de novela jocosa publicó en un periódico de Matanzas.

Esa novela que el título *Autonosuya* revela gran penetración y sentido político: En tono jocoso refiere las impresiones de un autonomista que vuelve a Cuba y encuentra sancionada la independencia: relata los horrores de la demagogia africana, la ruina de la Hacienda representada por moneda fiduciaria de valor nominal, cuenta los apuros que pasa aquel extranjero en su propia tierra, perseguido como fiera y tratado peor que perro con hidrofobia; todo esto en diálogo vivo, aunque un tanto descuidado el estilo en la parte descriptiva.

La *Autonosuya* será leída con gusto por los que saben a dónde vamos a parar, por los caminos emprendidos, pero no nos hagamos ilusiones suponiendo que de la ficción pueden sacar ejemplo los ilusos.

El que nació torcido en su ley morirá.

Y el árbol del separatismo tiene demasiadas *jorobas* para que logren enderezarlo las prédicas de los unos, ni las sátiras de los otros.

En el espejo de la *Autonosuya* nadie querrá mirarse.

Y sin embargo ahí tenemos a Santo Domingo que no dejará por mentiroso al señor Fontanilles.

Eva Canel

[I]

Una hermosa mañana del mes de mayo del año de gracia de 1900 el velero bergantín Desengaño de la matrícula de Santander, fondeó en la bahía de la Habana.

Abordo no había más que un pasajero, el doctor don Pantaleón Visiones, ardiente autonomista que hacía algunos años faltaba de Cuba, su país natal, adonde había jurado no volver hasta que se hubiese proclamado la Autonomía, ni cortarse la barba mientras existiese en la Isla un solo asimilista.

La noticia de que Cuba era autónoma desde el Cabo de San Antonio hasta la Punta Maisí, sorprendió al doctor en Suecia y por pronto que quiso arreglar su regreso, habían transcurrido seis meses desde que leyó tan grata noticia en un periódico noruego, hasta que el Desengaño fondeó en la Habana.

Cuando el ancla del bergantín sonó en el fondo, don Pantaleón, que acababa de dar los últimos toques a su *toilette* subió a la cubierta y lleno de emoción contempló la bahía.

En ella había cinco barcos: un cañonero, una goleta, un balandro, un pontón y el bergantín Desengaño

El doctor Visiones se frotó los ojos como quien ve *ídem*.

—¿Qué pasa aquí? –preguntó al capitán del Desengaño, que era un vizcaíno muy seco y de pocas palabras.

—Nada que yo sepa —contestó lacónicamente el eúskaro encendiendo un cigarro.

¿Dónde están los barcos? —exclamó don Pantaleón asombrado.

—En el mar —respondió el vizcaíno volviéndole las espaldas.

**

El doctor se quedó como petrificado junto a la escala de babor.

Vino a sacarle de su éxtasis un grumete, quien dándole un golpecito en las espaldas y señalándole la escala, le dijo: «Señor doctor abajo está su equipaje.»

Don Pantaleón dirigió la vista al fondo de la escala y observó que seis guadañeros se disputaban el honor de llevar su equipaje en sus guadaños. Descendió suspirando y los combatientes suspendieron las hostilidades, recibiendo a nuestro pasajero el guadaño que en aquel instante había conquistado su equipaje, el cual hizo rumbo al muelle de Caballería.

El doctor observó que el muelle estaba atestado de gente, lo que le llenó de satisfacción, pues no dudó que sus amigos advertidos de su llegada le preparasen una ovación.

Al atracar al muelle invadieron el guadaño quince o veinte galopines de todos colores, reproduciéndose con su equipaje la misma escena del bergantín.

—¡Alto!, dijo don Pantaleón, no necesito que nadie lleve mi equipaje porque voy a tomar un coche.

Los galopines prorrumpieron en una estrepitosa carcajada.

—¿De qué se ríe esta gente? —preguntó el doctor al guadañero.

—De que no hay más que un coche –contestó éste.

—¿Qué pasa aquí? –preguntó don Pantaleón estupefacto.

El guadañero se encogió de hombros y alargó la mano para recibir el precio del pasaje.

—¿Qué le debo a usted?

—Cuatro mil pesos.

***

Un rayo que hubiera caído a los pies del doctor Visiones no le hubiera causado mayor impresión. Todo lo que poseía incluso su equipaje y su reloj no valía mil pesos. Reflexionó, sin embargo, que cuando tan caro costaba un triste pasaje en un guadaño, una visita de médico valdría quince o veinte mil pesos.

Esta reflexión le tranquilizó y dijo al guadañero: «Soy doctor en medicina por la Universidad de Estocolmo: con la primera visita que haga pagaré a usted doble pasaje,

—Usted se burla –replicó el buen hombre– ¿Es posible que todo un doctor no tenga con qué pagar cuatro mil pesos miserables?

—Mira Fufú –dijo uno de los galopines interviniendo en la conversación– no seas majadero, como el doctor viene de Europa, no sabe aún el valor de nuestra moneda. Cuatro mil pesos en billetes valen un real en plata.

Al oír esto don Pantaleón no pudo menos de reírse y admirarse a la vez y entregando al guadañero dos reales, hizo cargar con su equipaje a dos galopines, quienes tomaron por el muelle hacia la machina seguido del doctor.

En la Aduana Vieja vio izada don Pantaleón una bandera azul y blanca y alegrándosele las pajarillas del pa-

triotismo entristecido de quince años de emigración y de
barbas, gritó con toda la fuerza de sus pulmones:

—¡Viva la autonomía!

Los dos galopines soltaron el equipaje y se arrojaron
al agua nadando desaforadamente hacia fuera del puerto.

El doctor Visiones se quedó por segunda vez contem-
plando su apellido. Cuando volvió de su asombro se encontró maniatado y cuatro hombres en pernetas y sin za-
patos, con una blusa azul con galones blancos, le
intimidaron que anduviera.

Su equipaje había desaparecido.

Caminaba el pobre don Pantaleón muelle arriba,
sumido en los más tristes pensamientos. Sin duda, se decía,
ha vuelto la reacción a este desdichado país y mandan otra
vez los picaros conservadores. Ahora me explico porque
cuatro mil pesos en billetes solo valen un real en plata,
porque no hay más que cinco barcos en la bahía y un solo
coche en la ciudad, porque se daban de puñetazos los guadañeros y los galopines para ganar un miserable real sen-
cillo. Ya pronostiqué yo en *El Triunfo* y en *La Palanca*, *El
Palenque*, *El Palique*, *El Palenquín* y demás paladines y pa-
lanquines de la gran idea que los explotadores forasteros
nos conducirían a la extrema miseria. ¡Quién me había de
decir cuando escribía todas aquellas paparruchas por ganar
unos centavos, que era un profeta en mi patria!

Pero esa bandera que veo en muchos edificios no es la
española y esto me llena de confusión. Si yo preguntase a
los que me conducen saldría de duda, pero tienen una cara
de facinerosos que dan miedo. Vamos Pantaleón un poco
de diplomacia y sabrás lo que pasa.

Hecho este monólogo el doctor Visiones con la voz más
dulce y acaramelada que pudo sacar, dijo a sus guardas: —

Sin duda, señores, ustedes han interpretado mal el grito que yo acabo de dar. Hace quince años que salí de aquí para el extranjero y al pisar de nuevo tierra española, después de tanto tiempo, no he podido contener mi patriotismo y por eso he gritado: ¡Viva España!

—Aunque hubiera gritado eso sería lo mismo –dijo brutalmente uno de los guardas.

—¿Pues qué? ¿No mandan ya los españoles?

—Aquí no manda nadie más que S. M. el Emperador Sabicú II, quien le ajustará pronto las cuentas.

—¿De modo que aquí nunca ha habido Autonomía?

—Si vuelves a pronunciar esa palabra te cortamos el pescuezo y echamos el tronco al agua.

Don Pantaleón enmudeció y volvió a entregarse a sus tristes reflexiones.

***

¿Qué pasa aquí?, se preguntaba por tercera vez el desventurado doctor sin hallar explicación alguna a su interrogación favorita.

Al llegar cerca de la Machina, observó que pendían de ella, multitud de objetos, que con la reverberación del sol no podía distinguir bien.

—¿Qué es aquello? –preguntó a uno de los guías; señalando a la enorme grúa.

—Son cabezas de autonomistas y de partidarios del emperador Sabicú 1°, que han reincidido.

El doctor se estremeció de terror y no le quedaron ganas de volver a preguntar más.

Cuando llegaron frente al aparato, que quince años antes servía de vehículo al comercio, sus guardas hicieron alto, don Pantaleón miró hacia arriba con todo el disimulo que pudo y vio que efectivamente la Machina parecía un árbol, cuyas hojas eran cabezas humanas, algunas de las cuales chorreaban sangre.

Una idea terrible cruzó por su mente: ¿sería, aquel el término de su viaje? El guardia había dicho que aquellas cabezas eran de autonomistas reincidentes, él había nombrado dos veces en menos de un cuarto de hora la fatal palabra y una de ellas con circunstancias agravantes, ¿sería considerado como reincidente por S. M. Sabicú II?

Por la primera vez en su vida el doctor Visiones maldijo la Autonomía, no sin pensar con amargura que sería bien triste morir por una idea que nunca le había inspirado verdadero entusiasmo.

De la antigua Comandancia general de Marina, salieron unos cuantos mamarrachos que vestían igual uniforme que los que le conducían y lo introdujeron en una especie de Cuerpo de Guardia.

—Mi capitán –dijo uno de ellos dirigiéndose a otro que ostentaba en la blusa tres galones: este hombre ha gritado viva la Autonomía y dice que es español.

El capitán frunció el ceño y gritó con voz estentórea.

¡Animales, pues si es español por qué no le habéis llevado al Cónsul! ¿No sabéis que no nos compete juzgar a ningún extranjero?

Un rayo de esperanza brilló en la mente de don Pantaleón: si me llevan al Cónsul, pensó, me veré libre de estos cafres; y también por la primera vez de su vida bendijo a los españoles.

—¡A ver tu pasaporte! –le dijo el capitán.

El doctor contestó con voz melosa que lo tenía en el equipaje.

—Aquí está –dijo uno de los guardias, que se puso a deletrearlo con mucha cachaza.

Don Pantaleón temblaba como la hoja en el árbol. Iba a descubrirse la mentira y se consideraba perdido.

Ahora sí que seré juzgado como reincidente, pensaba lleno de terror. ¡Daría cualquiera cosa por haber nacido en España!

El capitán después de haber leído el pasaporte, operación en la que invirtió veinte minutos, que fueron otros tantos siglos de agonía para el doctor Visiones, dobló el papel con mucha calma y dijo con sorna a los guardias:

—Llevad este español de Bacuranao al cabo de varas y que le dé cien palos para que aprenda a no mentir. Como es doctor en medicina y sabe mucho, no necesita del practicante, y en cuanto se acabe el flauteo, podéis llevarlo al calabozo.

Pronunciada esta sentencia el capitán se dirigió a un paisano descalzo que acababa de entrar y le dijo respetuosamente:

—Ya ve V. E. señor ministro, que me desvelo por el servicio de S. M. Unas veces colgando cabezas de la Machina, otras dando cien azotes y teniendo a pan y agua a los presos, voy poniendo esto como una balsa de aceite. Con este ten con ten aseguro pacíficamente el imperio.

Después de este breve discurso el doctor en medicina por la Universidad de Estocolmo, fue entregado al brazo secular del cabo de varas de la Guardia Real de Su Graciosa Majestad el Emperador de todas las Cubas Don Sabicú II (q. D. g.).

II

Don Pantaleón era filósofo, pero de complexión delicada. Sufrió en tres días el flauteo, como llamaba a los azotes con ironía el Capitán de la Guardia Real; y más muerto que vivo lo metieron en un obscuro calabozo con las piernas en un cepo.

Cuando volvió en sí, lo primero que hizo fue exclamar: ¿Qué pasa aquí?

—Aquí –le contestó una voz grave y reposada– pasan las ratas y las cucarachas, por encima de nuestro cuerpo, pasan los días y las noches sin ver la luz más que cuando nuestro carcelero nos trae un trozo de pan negro y un jarro de agua salobre y pasaremos nosotros a adornar con nuestras cabezas la Machina y pluguiese a Dios que fuera cuanto antes.

—¿Por qué está usted aquí preso? -preguntó el doctor,

—Por haber gritado viva España.

—¿Es usted español?

—Sí, señor; y natural de Guanabacoa.

—Entonces es usted cubano.

—Lo que no impide que sea tan español como un asturiano, un gallego o un andaluz.

—Cada vez entiendo esto menos –dijo suspirando don Pantaleón.

—¿Qué es lo que usted no entiende?

—Lo que pasa en esta tierra, llegué hace tres días y aún no he podido explicarme nada de lo que he visto.

—¿De dónde ha venido usted?

—De Santander, en el bergantín Desengaño.

—¿Y estando en Santander ha tenido usted valor de venir a Cuba en estos tiempos?

—Estaba más lejos, en Suecia, cuando hace seis meses, leí en un periódico noruego que se había proclamado la autonomía, y lleno de gozo preparé el regreso a mi patria, a la que había jurado no volver hasta que no fuese autónoma.

—¿Y desde entonces no ha vuelto usted a tener ninguna noticia de Cuba?

—Ninguna absolutamente.

—Siendo así me *explico* perfectamente porque no puede usted *explicarse* lo que aquí pasa. Yo puedo darle *explicación* de todo, porque desgraciadamente he presenciado los terribles acontecimientos que se han sucedido en Cuba desde el infausto día en que el gobierno español hizo el disparate de concedemos la autonomía.

—¿Llama usted disparate a reconocer a un pueblo el ineludible derecho de gobernarse a sí mismo?

—Yo llamo disparate a lo que es disparate y nada más.

—¡Pero y el ejemplo del Canadá, y lo que sobre las colonias autónomas han escrito Macaulay, Bled............

—Conozco el Canadá, sé de memoria todo cuanto han escrito esos apreciables escritores y otros muchos; y me figuro cuanto usted va a decirme en favor de la autonomía; pero le suplico que escuche con atención el breve relato de los sucesos ocurridos de medio año a esta parte y después discutiremos cuanto usted guste.

—Acepto la proposición, pues más deseo tengo de saber lo que ha ocurrido aquí que de discutir.

* * *

Yo era jefe del partido autonomista cuando el gobierno de España dispuso que se eligiera una comisión que pasase a Madrid a discutir con el Ministerio las bases para el establecimiento en Cuba de la Autonomía.

La Comisión se componía de cincuenta individuos; la elección se hizo bajo las mismas reglas que regían para los Senadores, nombrando representantes la Universidad, los Institutos provinciales, la Sociedad Económica, la nobleza, el clero, y el resto de elección popular con el mismo censo que servía para las elecciones generales. Se exigió que todos los Comisionados tuvieran treinta y cinco años cumplidos y que hubieran nacido en el país.

Excuso decir a usted que salió elegida la flor y nata del partido autonomista, y que yo fui uno de los favorecidos.

En Madrid encontramos al Gobierno tan bien dispuesto en favor de todos nuestros ideales, que en la primera entrevista que tuvimos con el Ministro de Ultramar puede decirse quedó trazado el plan del *Self government*.

El Ministro aceptó sin discusión la Cámara insular y el presupuesto de diez millones que quince años antes había formulado el señor Delmonte,[1] director de *El Triunfo*; pasó la Deuda al presupuesto nacional, así como los gastos que originaba el sostenimiento del Ejército de Cuba, del Clero y del Gobierno General; estableció el libre cambio entre la Península y la Isla; nos abrió un crédito de diez millones contra el Tesoro nacional, reintegrables en cincuenta años sin interés alguno, a fin de que, en los primeros tiempos, pudiéramos aliviar a los pueblos de toda carga o dedicar

---

[1] Ricardo del Monte (1828-1909) fue uno de los fundadores del Partido Liberal autonomista. Fue Director de El Triunfo.

los impuestos al fomento del país: en una palabra, fue más allá de nuestros deseos.

Arregladas las cosas a medida de nuestro gusto, nombró Gobernador General al que le designamos, que fue el ilustrado Teniente General don Nicomedes Pasaportodo[2] y con él regresamos los cuarenta y nueve comisionados, y digo cuarenta y nueve, porque uno tuvo la dicha de morirse en Madrid de una pulmonía.

—¡Vaya una dicha! –dijo don Pantaleón, que hasta entonces habla escuchado con religiosa atención.

—¡Sin duda alguna! –prosiguió el preso.– De los cincuenta comisionados, él ha sido el único que ha muerto en su cama, cuarenta y ocho fueron decapitados, y yo, que soy el último no sé aun lo que me espera.

Pero no anticipemos los sucesos, y suspendamos por ahora nuestra narración, porque oigo los pasos del carcelero que va a servirnos el banquete, y tengo más hambre y sed que ganas de hablar.

En aquel momento rechinaron tres o cuatro cerrojos y otras tantas llaves y un rayo de luz iluminó la estancia.

El doctor Visiones quedó deslumbrado por la claridad; pero poco apoco se fue acostumbrando a ella y vio que el calabozo era un cuarto de cinco metros de largo por tres de ancho, en el que se hallaban dos cepos: uno ocupado por él y otro por su interlocutor, que era un anciano de aspecto venerable con la barba y el cabello blancos como la nieve.

El carcelero depositó un pan negro que tendría una libra, al lado de cada preso, y un jarro de agua turbia y volvió a cerrar la puerta.

---

[2] Uno de los recursos simbólicos que utiliza el autor para caracterizar a los personajes en la novela son los nombres propios: Fufú, Pasaportodo, Visiones, Sabicú, etc. Son nombres que ayudan a entender los personajes y califican sus acciones.

Los dos presos devoraron con excelente apetito su frugal comida y apuraron más de la mitad del agua contenida en el jarro.

***

El anciano reanudó su interrumpida narración en estos términos:

El entusiasmo y la alegría con que fuimos recibidos al llegar a la Habana, superaron a los que hubo cuando el General Martínez Campos hizo la famosa paz del Zanjón.[3]

Durante ocho días no se hizo más que bailar, comer y pronunciar discursos: los poetas apuraron todas las palabras terminadas en ía, para concertarlas con autonomía: y se gastó en fiestas más de un millón de pesos.

A los ocho días el General Pasaportado, eligió su ministerio entre los cuarenta y nueve Comisionados, o por mejor decir, los elegimos nosotros mismos, porque él nos dijo que nombraría al que nosotros designáramos y así lo hizo. Yo fui nombrado Ministro de las Colonias.

—¿Y qué Colonias tenía Cuba? —preguntó admirado el doctor Visiones.

—Isla de Pinos, Turiguanó y Cayo Romano —contestó con gravedad el anciano.

En un mismo día, en la *Gaceta*, se promulgó la Constitución autonómica, y se convocaron las elecciones generales para Diputados de la Cámara insular, Consejeros provinciales, Concejales y para todos los puestos de la Administración pública, desde Gobernadores de los Estados,

---

[3] Arsenio Martínez-Campos y Antón (1831–1900). Oficial del ejército español. Llegó a un acuerdo con los revolucionarios independentistas para finalizar la Guerra de los Diez Años. Este acuerdo se conoce por el nombre de «La Paz del Zanjón» (1878).

hasta alguaciles de los juzgados.

Las elecciones se hicieron todas por sufragio universal y duraron quince días de sol a sol.

Los autonomistas estábamos seguros de obtener un triunfo completo; pero nos llevamos un gran chasco, porque sólo logramos una insignificante minoría.

—¡Me lo figuraba! –exclamó impetuosamente don Pantaleón.– Los pícaros conservadores mientras ustedes bailaban, comían, versaban y discurseaban, prepararían uno de sus famosos *veredictos* y protegidos por la autoridad superior de la Isla harían horrores.

—Pues se equivoca usted: ni un solo conservador salió elegido pava ningún cargo.

—¿Entonces quienes ganaron las elecciones?

—Los separatistas.

¿Y qué mal había en eso?

—Ninguno en la apariencia; pero ya verá usted como aquel triunfo de nuestros ideales definitivos, fue el ocaso de nuestras esperanzas.

—¿De modo que los conservadores se retrajeron por completo? Esa actitud era facciosa, y el Gobernador General debió.......

—Hicieron algo mejor que retraerse, se largaron, desde que llegamos, en el Ministerio del Interior no daban abasto para extender pasaportes, y cuando terminaron las elecciones no se encontraba en toda la Isla un conservador ni para un remedio.

—¡Que tunantes!

—¡Que sabios digo yo; ojalá los hubiese imitado!

III

Sonó el cañonazo.

—¿Son las ocho? —preguntó el doctor Visiones.

—Ese cañonazo —contestó su compañero de calabozo— anuncia que cincuenta cabezas han pasado a adornar el árbol de la libertad.

—¡Qué horror!

—Desde que se abolió la pena de muerte, raro es el día que no se oye ese fúnebre estampido, y ha habido día de oírse dos o tres veces.

—¡Vaya un modo de abolir la pena de muerte!

—Está abolida para los delitos comunes; pero los liberales que se usan ahora dicen que para fructificar el árbol de la libertad, es preciso regarlo con sangre; y ya ha visto usted como es verdad, pues la Machina ha echado hojas.

—¿No es usted liberal?

—Lo he sido toda mi vida; pero desde que he visto los horrores que se cometen en nombre de la libertad, he dejado de serlo. Más dejemos esto y volvamos a nuestra historia.

El mismo día que se abrió la Cámara insular ésta, fulminó un voto de censura contra el Ministerio. Hay que advertir que el gabinete no había hecho nada, ni bueno ni malo en el mes que llevaba en el poder; pero nunca faltan pretextos para derrocar un Ministerio, y la Cámara fundó su voto de censura en los despilfarros cometidos durante las fiestas, pronunciándose acres discursos contra el Gobierno local.

El Ministro se retiró de la Cámara y aconsejó al General que la disolviera.

El General Pasaportodo dijo que él hacía allí el papel de un Rey Constitucional y en su consecuencia se guardaría muy bien de contrariar la autónoma voluntad de la Cámara.

Entre los ministros había algunos que simpatizaban con la mayoría de la Cámara y apoyaron la opinión del Gobernador General. Se acordó por tanto que el Ministerio dimitiera en masa.

Encargó el General Pasaportodo la formación del gabinete al Presidente de la Cámara, quien lo eligió entre los más caracterizados separatistas.

La primera medida del nuevo Ministerio fue armar una milicia ciudadana y alejar de la capital las fuerzas del Ejército.

El Ministro de la Guerra era un antiguo contra mayoral, de un ingenio, llamado Sabicú, hombre rudo, cruel y sanguinario; pero de desmedida ambición y de gran audacia.

Este hombre entregó las armas a todos sus partidarios y formó con ellos una especie de guardia pretoriana. Todos los destinos públicos estuvieron a merced suya y la misma Cámara quedó supeditada a su voluntad.

***

En vista del giro que había tomado la cosa pública, los miembros del antiguo partido Autonomista, convocaron una junta magna para acordar la resolución más oportuna. Unos opinaron que la autonomía estaba en peligro y que para salvarla era preciso dar un golpe de Estado, contando con el Gobernador General; otros fueron de parecer que la autonomía era insostenible y que debía dejarse a la Cámara que proclamase la independencia, pues el poder vendría siempre a parar en manos de los más ilustrados, que eran ellos; otros dijeron que ni la autonomía ni la independencia podían sostenerse y que lo más cuerdo sería proponer la anexión a los Estados Unidos. Por último, un joven, orador de gran talento y vasta instrucción, dijo que, lo que estaba en peligro era la sociedad y la civilización, y el único medio de salvarlas sería que la Isla volviese a ser provincia de España y parte integrante de ella.

Este discurso fue acogido con una tempestad de enérgicas protestas. Por todas partes resonaron los gritos de retrógrado, oscurantista, traidor y algunas voces pidieron la cabeza del orador. Pero él, impávido y sereno, cuando el tumulto cesaba proseguía su discurso.

Todavía me parece estar viendo aquella hermosa cabeza, la primera que segó el machete revolucionario; todavía resuena en mis oídos estas últimas palabras de su discurso que fueron una profecía:

« ¡Insensatos, no podéis sostener la autonomía teniendo la protección de España, y queréis sostener la independencia!

¿No os dice nada ese Éxodo de todos los hombres que algo tienen o algo valen, iniciado el día en que se proclamó la nueva Constitución?

....
....
....

¿Qué nos queda de nuestra antigua sociedad? ¿Dónde están los hombres ilustrados del país? Fuera de los dos centenares que me escuchan, no veo más que ignorancia, barbarie e instintos feroces a donde quiera que vuelvo la vista.»

....
....
....

¿Y pretendéis dominar a esta sociedad? ¡Desventurados! Mi cabeza caerá la primera por haber sido el primero en decir la verdad; pero las vuestras no están más seguras sobre los hombres. «Ese soldado semi-salvaje que se llama Sabicú, hoy Ministro de la Guerra, será mañana el dictador; ahogará en sangre la libertad, y tal vez su cabeza rodará también para ceder el puesto a otro más salvaje que él o a la anarquía.»

IV

En aquella junta, prosiguió el anciano, quedó decidida la futura suerte de Cuba. Por una gran mayoría se acordó secundar los proyectos separatistas de la Cámara.

Los autonomistas confiábamos en que una vez hecha la separación, el poder vendría a nuestras manos y vendríamos a encauzar la revolución. Se convino en que los pocos que figuraban en la Cámara tomasen la iniciativa y la arrastrasen con su elocuencia a declararse soberana, en una palabra, hacer una parodia de los Estados generales de Francia en el juego de pelota y a fines del siglo XVIII. A mí me tocó el papel de Mirabeau.[4]

El joven orador que había sostenido la conveniencia de volver al antiguo régimen se presentó al Gobernador General exponiéndole el peligro de que España perdiese para siempre a Cuba y la Isla se perdiese para la civilización; le pintó con vivos colores la terrible situación a que había quedado reducido el país con la emigración de las clases productoras; la anarquía y la miseria que nos amenazaban; y concluyó descubriéndole todos los planes separatistas, a los que no era ajeno el mismo Ministro de la Guerra,

El general Pasaportodo escuchó con suma atención al

---

4   Honoré Gabriel Riqueti, Conde de Mirabeau (1749–1791). Político, noble y orador francés. Fue uno de los líderes de la Revolución Francesa de 1789.

joven orador y cuando hubo terminado le dijo: Cuanto usted ha manifestado lo tenía yo previsto y lo esperaba; así es, que nada me sorprende y estoy conforme con usted: en lo único en que no estamos de acuerdo es en que España pierda nada con la separación de Cuba; creo por el contrario que gana mucho.

Por de pronto ha ganado ya bastante con que esas clases productoras que han emigrado de aquí, hayan ido a la península a aumentar su riqueza; ganará muchos brazos útiles, que vienen aquí a morir de la fiebre amarilla, atraídos por una riqueza fantástica, que casi nunca ven realizada, y se ahorrarán muchas vidas de los pobres soldados que necesita enviar continuamente para mantener a ustedes en paz. El Gobierno de la Nación, sabe esto tan bien como yo y no piensa contrariar a ustedes en nada; está convencido de que en cuanto deje de ondear aquí el pabellón de oro y grana se devorarán ustedes los unos a los otros y hará cuanto sea posible para evitarlo; pero está resuelto a no derramar una gota de sangre española; y si ustedes se obstinan en separarse, los abandonará a su suerte.

El joven orador se esforzó en demostrar al General que sería muy fácil contener el movimiento separatista; pero él se mantuvo inflexible y terminó la conferencia diciéndole: «Cuba se halla en el caso del hijo pródigo que volvió a la casa paterna y fue perfectamente recibido; si se separa de nuevo de la patria potestad, España no está en el caso de sostener otra guerra fratricida de diez años: la clemencia tiene como todo su límite y no hemos de sacrificar por una provincia rebelde a las demás de la nación.»

* * *

En la primera sesión que celebró la Cámara, después de la Junta magna de los autonomistas, presentaron éstos una proposición concebida en estos términos:

> «Pedimos a la Cámara, se sirva declarar que sólo ella representa la soberanía del pueblo y asume todos los poderes.»

Esta proposición fue acogida por toda la Cámara con una salva de aplausos. El ministerio quiso protestar, pero su voz fue ahogada por los silbidos.

Restablecido el silencio subí yo a la tribuna a apoyar la proposición. ¡No es necesario, gritaron de todos lados, a votar, a votar!

La proposición fue aprobada por una inmensa mayoría. El ministerio en masa se retiró. Entonces se notó que faltaba el Ministro de la Guerra, y se supo que guardaba el edificio con su guardia pretoriana.

En cuanto salió el ministerio un diputado de la izquierda, presentó la siguiente proposición:

> «La Cámara en uso de su soberanía, decreta:
> 1º. Desde hoy cesa el protectorado que España ejerce sobre la Isla de Cuba.
> 2º La Isla de Cuba, se constituye en república, una e indivisible.
> 3º El poder ejecutivo lo constituirá una comisión de la Cámara, elegida por la misma, mientras se procede a la elección de Presidente y a discutir la Constitución republicana.»

Los dos primeros artículos fueron votados sin discutir; pero el tercero produjo un tumultuoso debate que duró cinco horas y hubiera sido interminable, si un incidente inesperado no le hubiese puesto fin. El ministro de la

Guerra, Sabicú, entró en la Cámara, subió a la tribuna y dijo:

—Señores representantes, el general Pasaportodo acaba de recibir de Madrid el siguiente telegrama:

«Evacue Isla con fuerzas ejército y cuantas personas quieran salir. Deje ahí un representante España en calidad de ministro plenipotenciario. Cuide mantener orden; diga cuantos barcos necesita.»

Un prolongado hurra acogió estas palabras; varios diputados se agolparon a la tribuna, alzando sobre el pavés al ministro de la Guerra y gritando: ¡Viva Sabicú!

Restablecida la calma, la Cámara eligió casi por unanimidad a Sabicú jefe del Poder ejecutivo, con facultades para elegir el ministerio.

Solo votaron en contra los pocos autonomistas de buena fe que había en la Cámara.

Aquel voto negativo fue nuestro decreto de muerte.

Terminada la votación se oyó una voz que decía: ¡Ya estáis solos, ahora será ella!

Esa exclamación produjo en la Cámara un movimiento instintivo de terror, al que siguió un silencio sepulcral. Todos se volvieron hacia el lado donde había salido la voz; pero no se pudo averiguar quien la había proferido, más tarde se supo que era el joven orador autonomista, que en la junta magna había aconsejado la unión a España.

V

Después de largo silencio, el doctor Visiones, que todavía no se daba cuenta de lo que le pasaba, rogó al anciano continuase su narración. El preso lanzó un suspiro y prosiguió:

Es tan doloroso lo que falta por referir, están los sucesos tan recientes y he tomado en ellos una parte tan activa, que me cuesta trabajo relatarlos; pero preciso es que lo sepa usted todo, para ajustar su conducta y librarse de una muerte segura y sin gloria alguna.

Mientras los españoles permanecieron en la Isla, no ocurrió ningún hecho digno de mencionarse. El embarque de las tropas se hacía con orden; pero con suma rapidez en buques de guerra y mercantes que fueron llegando de la península. En menos de un mes estuvo terminada la operación y se hubiera concluido mucho antes a no ser porque pidieron marcharse con ellos más de treinta mil familias, las cuales, realizaron a cualquier precio lo que tenían y abandonaron lo que no pudieron realizar.

En la Cámara se discutía tranquilamente la Constitución republicana, sin más oposición que la de la minoría autonomista, que era muy exigua, si bien la más ilustrada.

El último que se embarcó fue el General Pasaportodo al que le hicieron los honores de costumbre, como si fuese un capitán general relevado en el mando.

Aún no se había perdido de vista el barco que los conducía, cuando las fuerzas de la milicia ciudadana, que habían formado aquel día en gran número para hacer los honores al General Pasaportodo, al desfilar por delante de Palacio, desde cuyo balcón presenciaba el desfile el Ministro de la Guerra y Jefe interino del Poder ejecutivo gritaron todos: ¡Viva Sabicú 1º!, y al romper fila los milicianos se esparcieron por toda la ciudad, entrando en los cafés y bodegas donde se embriagaron sin pagar, entregándose a los mayores excesos.

Al día siguiente la sesión de la Cámara fue tempestuosa: un fogoso orador de la minoría interpeló al Ministerio acerca de los sucesos de la víspera, condenando el desenfreno de la soldadesca y los gritos subversivos que había proferido al desfilar.

El ministro del Interior, único que sabía coordinar una frase, contestó torpe y groseramente, defendiendo los atropellos de la milicia ciudadana.

La mayoría no le apoyaba; pero el orador de la minoría, apostrofó con tanta elocuencia la conducta del Gobierno, pintó con tan vivos colores los peligros que corrían la patria y la libertad, que atrajo por completo la atención y las simpatías de la Cámara.

Al terminar su discurso fue estrepitosamente aplaudido. La minoría presentó en el acto esta proposición:

«Pedimos a la Cámara se sirva decretar lo siguiente:

1º. La asamblea soberana declara que la patria está en peligro, y se constituye en sesión permanente.

2º. Queda destituido el Ministerio y sujeto a ser residenciado por la Asamblea.

3º. Se nombra un Comité de salvación pública

para proteger la vida y la seguridad de los ciudadanos.

Un prolongado hurra acogió esta proposición.

***

Al ver la actitud de la Cámara los ministros salieron
precipitadamente del salón, siendo silbados por las tribunas, como nosotros lo habíamos sido cuarenta días antes.

Entre los que apoyaron la proposición se hallaba un
mulato, hermano natural de Sabicú, el cual apostrofó al
jefe del Poder ejecutivo, con los dictados de tirano y traidor
a la patria, comparándolo con Santana[,] Rosas[,] Souluque
y todos los dictadores de América.[5]

La proposición fue votada por una gran mayoría; pero
al tratarse de la elección de los miembros del Comité de
Salvación pública, no hubo forma de entenderse, y la discusión se fue acalorando hasta convertirse en un verdadero
tumulto.

La Cámara celebraba sus sesiones en el teatro Payret,[6]
que usted recordará estaba ruinoso por un costado. Hacia el
lado de las ruinas, a causa de la incuria con que se les dejara
durante tantos años, se había abierto un gran boquete por el
que podía penetrarse hasta el salón. Cuando la discusión
para elegir los miembros del Comité de Salvación llegaba a
su período álgido, se precipitaron por el boquete unos tres-
cientos hombres de la milicia ciudadana y machete en mano
nos intimaron a que saliéramos del salón.

El desorden fue espantoso: así de los escaños de la

---

5   Se refiere a Antonio López de Santa Anna (1795-1876), a Juan Manuel
     de Rosas (1793-1877), y a Faustin-Élie Soulouque (1782-1873).
6   El «Teatro Payret» de La Habana se inauguró en enero de 1877.

Asamblea como de los palcos y galerías que constituían las tribunas, todos se lanzaron dando grito para ganar las puertas; pero estas se hallaban cerradas y la multitud aterrorizada se estrujaba contra las paredes y pisoteaba a los que se caían.

Mientras tanto los sicarios de Sabicú detenían a los Diputados de la minoría que encontraban, o aplastaban a los que hacían resistencia.

Aquello fue una horrible hecatombe. Según una relación que publicó al día siguiente «El Nuevo Marat»,[7] hubo setenta y cuatro muertos, entre los asesinados por los sicarios de Sabicú y los que perecieron magullados, elevándose a ochenta y uno los heridos y contusos más o menos graves.

De los cuarenta y siete diputados que componían la minoría autonomista, sólo seis logramos escapar ilesos: quince fueron asesinados en el salón de sesiones, y los veinte y seis restantes fueron sentenciados a los tres días por un Consejo de Guerra, a ser decapitados, ejecutándose la sentencia en la Plaza de Armas, a presencia del sanguinario Sabicú.

Al día siguiente de esta segunda hecatombe, el Poder ejecutivo publicó un decreto disolviendo la Cámara, por conspirar a favor de España y declarando traidores a la Patria a todos los que habían sostenido la autonomía. Por otro decreto se convocaba una Asamblea de Notables, compuesta de cincuenta individuos para que en unión del Poder Ejecutivo, diese al país la forma definitiva de Gobierno que le conviniera.

Estos *notables* eran, todos parientes, amigos o deudos de Sabicú.

---

7   Jean-Paul Marat (1743–1793). Político y publicista francés. Una de las voces más radicales de la Revolución francesa.

* * *

Mis cinco compañeros y yo habíamos logrado permanecer ocultos en la ciudad mientras duró la persecución contra los autonomistas y aguardábamos una ocasión oportuna para dejar la Isla; pero un nuevo decreto del feroz Sabicú vino a sumirnos en la mayor desesperación. Por él, se prohibía la salida a todo natural de Cuba, bajo pena de la vida, a menos que solicitase y obtuviese esta gracia, previa la formación del oportuno expediente.

—Veo –dijo a esto el doctor Visiones– que no se habían perdido las antiguas costumbres de la Colonia, puesto que hasta para marcharse un ciudadano se formaba expediente.

—Fue la única costumbre que conservamos si hubiera sido buena también la habríamos proscrito –replicó con amargura el anciano.– Pero Sabicú no obraba así por lujo de expedienteo, sino con el cruel objeto de que no se le escapase ninguna, de sus víctimas.

—¿Y por qué tenía ese odio a los autonomistas?

—Ruego a usted que no me pregunte nada, pues me sería muy difícil satisfacerle mientras no conozca bien todos los sucesos ocurridos desde que el Gobierno de España resolvió abandonarnos a nosotros mismos.

—Sea como usted quiere.

—Cuando ya desconfiábamos de poder salvar nuestras vidas vino a verme un antiguo liberto de mi familia, fiel y leal servidor que me tenía mucho cariño. Me dijo que era Gobernador de Isla de Pinos, donde podría ocultarme y librarme de las garras de Sabicú.

Yo le contesté que estaba resuelto a no separarme de mis compañeros y seguir su suerte; pero el generoso servidor ofreció protegerlos a todos. Convinimos en afeitarnos del todo y vestirnos de mujer y en este traje salimos de noche formando parte de la servidumbre del Gobernador General de la Isla de Pinos, a la que arribamos con toda felicidad.

A los pocos días de nuestra llegada se recibió la noticia de que Sabicú había sido nombrado Emperador de Cuba por la Asamblea de Notables, dando una amnistía, de la que fueron exceptuados los autonomistas a quienes seguía persiguiendo encarnizadamente.

En la Isla de Pinos se hallaba oculto y protegido por el generoso Gobernador el hermano natural de Sabicú, a quien el flamante Emperador odiaba cordialmente, desde que en la Asamblea había votado la destitución de los miembros del Poder Ejecutivo.

El carácter tolerante del Gobernador había atraído multitud de familias que emigraron voluntariamente de Cuba, temiendo los salvajes atropellos de Sabicú y de su guardia pretoriana, fundándose una pequeña colonia formada de las personas más distinguidas e ilustradas de la sociedad cubana.

Con permiso del Gobernador se formó un Liceo del que me nombraron Presidente, donde se daban veladas literarias todas las semanas y se reunía lo más selecto de la colonia. Allí se pronunciaban discursos sobre asuntos científicos, se leían poesías, se cantaba y se bailaba.

Los temas de las poesías eran generalmente diatribas contra España en las que se anatematizaba a la colonia y a los opresores extranjeros, a los que se calificaba de vándalos, tiranos, salvajes y explotadores.

Aquellos inocentes desahogos contra un enemigo que no existía llegaron a cansarnos. Todos comprendíamos perfectamente que los verdaderos vándalos, salvajes y explotadores eran, los que gobernaban el país: esto mismo se traslucía en las poesías, en las que de una manera embozada y bajo el nombre de españoles se satirizaba a Sabicú, a sus ministros y a la Asamblea de Notables, especie de Senado muy semejante al de Roma en los tiempos de Calígula, que se sometió a las más denigrantes humillaciones.

Pero a poco el Liceo se fue convirtiendo en un verdadero centro de conspiración y de allí partió la iniciativa para hacer una contra revolución con el fin de derrocar a Sabicú y dar el poder a las clases intelectuales.

VI

E l anciano, fatigado por la narración de los sucesos, que tan dolorosos recuerdos traían a su imaginación, permaneció callado largo rato, durante el cual don Pantaleón se entregó a profundas meditaciones. Parecíale inverosímil todo cuanto había oído, no se explicaba que los autonomistas, después de haber estada conspirando durante veinte y dos años en favor de sus ideales definitivos, no habiendo encontrado obstáculo alguno por parte de España para realizarlos, no hubieran podido sostenerse en el poder ni un solo día sin el auxilio de los españoles: se estremecía de horror y de indignación al pensar que toda aquella pléyade de ilustraciones que en 1885, formaban el partido autonomista y trataban con tanto desdén a los conservadores, hubiera perecido en el cadalso y no a manos de los conservadores tan denigrados por *El Triunfo* y otros periódicos de la época, sino de las últimas capas sociales, a las que los autonomistas pensaban someter tan fácilmente con su suprema inteligencia. Recordaba muchos artículos que había escrito afirmando que todo el país pensaba como ellos, creencia que profesaba con la mejor buena fe del mundo, y cuando había venido a Cuba, esperando verse elevado a un puesto digno de su ilustración y de su talento, se encontraba preso en un obscuro calabozo, por la autoridad de un tirano salido de ese pueblo al que tan fácilmente creía poder gobernar. Se figuraba estar bajo la presión de una horrible pesadilla y hacia esfuerzos sobrehumanos para despertar.

Aquel anciano al que no había visto más que breves instantes y cuya voz ya no escuchaba, le parecía un fantasma de sus sueños que se iba desvaneciendo.

El doctor Visiones pertenecía a esa clase de hombres, tan comunes en nuestros días, que han leído mucho y no han aprovechado nada, para quienes la historia es letra muerta y que, como vulgarmente se dice, no escarmientan nunca en cabeza ajena. Había estado soñando en un imposible veinte y dos años, ¿qué tenía de particular que ahora le pareciese un sueño la cruel realidad?

Vino a volverle a ella la reposada voz de su compañero de prisión, quien le preguntó:

—¿Está usted dormido?

—No, contestó con dolorido acento don Pantaleón.

—¿Tiene usted sueño?

—Hace un momento creí que soñaba; pero comprendo que desgraciadamente estoy despierto y lo que me pareció una pesadilla es la triste realidad de nuestra prisión.

—Así es en efecto; pero ya debe ser tarde y conviene que procure usted conciliar el sueño.

—Por mi parte no tengo ganas de dormir; pero me extraña sepa usted la hora que es, pues yo puedo asegurarle que ignoro si es de día o de noche.

—Todo lo hace la costumbre. No sé precisamente la hora que es, pero no andará muy lejos de las once de la noche. Cuando el carcelero nos trae nuestra frugal comida son las seis de la tarde. El rayo de luz que usted vio cuando abrió la puerta era del sol ya en su ocaso y habrán transcurrido próximamente unas cinco horas desde entonces. Si guardamos un poco de silencio no tardaremos en oír, aunque muy tensamente, las once campanadas de un reloj. Casi todas las noches oigo esa hora y las sucesivas hasta las cinco; después el bullicio de la ciudad, no me deja sin duda percibirlas. Un pobre preso se distrae con cualquier cosa; me he habituado ya tanto a contar esas horas, que durante ellas estoy desvelado y duermo desde el amanecer hasta que el carcelero trae el *almuerzo*.

En aquel momento se oyeron distintamente doce campanadas de un reloj lejano, que las daba pausadamente.

—Las doce –dijo el anciano– me he equivocado en una hora. Con la conversación no hemos oído las once.

—Pues ya que usted no acostumbra a dormir a estas horas, le ruego prosiga su narración, porque tengo muchos deseos de conocer hasta el fin, la historia del nuestro desdichado país durante los últimos seis meses.

El preso prosiguió de este modo:

—-Era la Isla de Pinos, como dije a usted antes, el foco de todos los descontentos. Allí se habían ido reuniendo los hombres de más valer de Cuba, por su ilustración, su posición social o su riqueza: muchos como yo, estaban con nombres supuestos para sustraerse a las persecuciones de Sabicú y a ellos se agregaban los deportados por el feroz emperador. La común desgracia nos unió en un mismo pensamiento: hacer una contra revolución para salvar a Cuba de la barbarie. Yo fui elegido jefe de la conspiración. De creer en eso que se llama el signo, hubiérase dicho que el mío era conspirar constantemente. Quince años conspiré contra España, a favor de la separación; veinte y dos años a favor de la autonomía, como medio de llegar al separatismo; y entonces me tocaba conspirar a favor de España, para restablecer la autonomía como fin.

Se establecieron comités secretos en toda la Isla, se redactó un manifiesto al Gobierno Español, el cual se circuló a todos ellos, firmándolo lo más florido del país, sin que los sicarios de Sabicú se apercibieran de nada. Cuando todo estuvo preparado solicité una entrevista secreta del representante de España en Cuba, que era un diplomático sagaz, ilustrado y conciliador.

Con las debidas precauciones y favorecidos por el Gobernador de la Isla de Pinos, que había entrado secretamente en la conspiración, me trasladé a la Capital y tuve al fin la ansiada entrevista con el Ministro de España. Le entregué el manifiesto, le expuse nuestro plan, que era restablecer la autonomía con una carta otorgada; el sufragio limitado, así como las atribuciones de la Cámara, reducidas a votar los presupuestos, reservándose el Gobierno de la Metrópoli el derecho de nombrar todos los empleados de la Administración Central.

El ministro español se echó a reír y me dijo que para eso valía más que ofreciéramos nuestra completa sumisión a España y pidiéramos formar parte integrante de ella como provincia española.

—Dudo mucho –agregó el ministro– que el Gobierno de Madrid acepte ese gobierno híbrido, convencido como está de que son ustedes ingobernables, y mucho menos hoy que faltan del país las clases que trabajaban y producían, únicos en que puede apoyarse un Gobierno para ser estable: sin embargo yo pondré todo el plan en conocimiento del Ministerio, valiéndome del telégrafo sin que se aperciba Sabicú y daré a usted noticia del resultado lo más brevemente posible.

Regresé a la Isla de Pinos y di cuenta al Comité Central de mi comisión. A los cinco días recibí por un emisario del

Ministro de España este lacónico despacho sin sello ni firma alguna; pero escrito de una letra bien conocida:

«España no acepta más que la sumisión incondicional: ofrece las mismas leyes e instituciones que rigen en la península.»

Cuando leí este telegrama en el comité, produjo una tempestad de protestas, pronunciándose apasionados discursos contra la tiranía colonial con encarnizadas diatribas contra los peninsulares. Todos los lugares comunes y sofismas empleados por los periódicos y clubs autonomistas durante veinte y dos años, salieron a relucir allí.

Sólo una voz se levantó para decir que lo que España proponía era la única salvación para Cuba; pero fue ahogada por los gritos de los concurrentes.

—¡Algún día pediréis lo que ahora se os ofrece, pero entonces será tarde! –dijo el orador dominando el tumulto.

Entonces se levantó el hermano de Sabicú y con una elocuencia ruda; pero lleno de energía, nos apostrofó a todos, llamándonos débiles y pusilánimes. ¡Para derribar a un tirano –dijo– pedís protección a otro tirano; sois indignos de llamaros hombres libres y tenéis merecido el desprecio con que os trata la vieja Metrópoli!

¿Queréis ser libres?, pues oponed la fuerza a la fuerza, derrotad el imperio y restableced la república. El infame usurpador sólo se sostiene por vuestra cobardía, mostradle que sois hombres y no chiquillos y caerá bajo el peso de vuestros machetes!

Estas frases pronunciadas con calor produjeron gran efecto en aquella impresionable asamblea, la que proclamó al hermano de Sabicú, Generalísimo del Ejército libertador y todos juramos derribar al tirano o morir.

—Sospecho que vamos a derribar a un tirano para elevar a otro más cruel y sanguinario, impulsados por odios de raza y de familia —me dijo el licenciado Visiones que estaba a mi lado.

—¡Mi hermano! —exclamó don Pantaleón— ¿y qué ha sido de él?

—En estos momentos, Dios mediante, debe de estar en Madrid negociando la sumisión incondicional de Cuba y la Metrópoli.

—¡Él!

—Él, sí él. Escúcheme usted hasta el fin, y verá que sólo así podrá evitarse que nuestro desdichado país vuelva al estado salvaje.

VII

La contra revolución para derrocar a Sabicú dirigida por su hermano tuvo un éxito completo.

En casi todas las poblaciones la milicia ciudadana se sublevó a los gritos de ¡Abajo el tirano, viva la República! y se apoderó de las Autoridades del imperio. En unas se hizo sin efusión de sangre y hasta las autoridades simpatizaron con el movimiento, en otras hubo resistencia; pero en todas partes triunfó la revolución. En la capital donde residían los partidarios del emperador y los que recibían de él mercedes, hubo tres días de sangrientas jornadas; pero al fin quedó la victoria por parte del hermano de Sabicú.

El derrocado emperador cuando se vio perdido, procuró fugarse y logró acogerse al pabellón americano en un buque que le condujo a la nación vecina.

Después del triunfo se celebraron magníficas fiestas en honor a la República, se bailó y se jugó en grande, se pronunciaron discursos patrióticos, desenterrando del diccionario las palabras más agresivas e insultantes, para lanzarlas contra los peninsulares, cuando quizás en toda la Isla no había más peninsular que el Ministro de España, el cual no se metía en nada, y como si el tirano derrocado no hubiese nacido en Cuba. Entonces me convencí de una cosa, y es que no es la inventiva lo que más brilla en nuestro pueblo, pues en aquellos días casi no se hizo sino repetir las mismísimas vulgaridades que desde veinte y dos años habíamos leído en los periódicos autonomistas.

El Generalísimo Sabicú, que de hecho ejercía el poder supremo, no era el que menos corto andaba en dirigir diatribas a los tiranos y a la tiranía, en cuantos documentos oficiales veían la luz en *La Gaceta de la República*, mientras cantaban las alabanzas del *Libertador* y *Padre de la Patria* cien periódicos.

No todo lo que reluce es oro. Tras de aquella alegría popular se ocultaban las más bastardas ambiciones, y la atmósfera política se iba preñando de negros nubarrones. Dos tendencias distintas se manifestaron desde los primeros momentos: la república unitaria y la federal. Ambos partidos se hicieron una guerra encarnizada en la prensa, en los clubs y hasta en las calles, pues la milicia ciudadana que había sido organizada por el Generalísimo, se dividió entre los dos bandos y promovía diariamente motines y asonadas.

Por fin triunfó el partido federal y la Isla se dividió en tres Estados: Oriente, Centro y Occidente, cada uno con su Gobierno local, su Cámara y su constitución particular. Aún no se hallaban constituidos estos Estados cuando algunos pueblos se insurreccionaron, separándose de ellos para formar nuevos Estados independientes que se hicieron la guerra unos a otros, reinando dentro de cada uno él mayor desorden. Llegó a haber once Estados distintos y la anarquía fue tan espantosa que todas las personas de orden se entregaron en brazos del Generalísimo para que sacara al país de aquella terrible situación. No deseaba otra cosa el ambicioso mulato, quien siguiendo las huellas de su hermano, convocó una asamblea de Notables, la que le proclamó Emperador con el nombre de Sabicú II.

—De modo, dijo don Pantaleón; que en menos de seis meses ha habido en Cuba autonomía, dos repúblicas y dos imperios.

—Y no es eso lo peor, añadió el anciano, sino que en ese corto tiempo han emigrado del país cincuenta mil familias, únicas que trabajaban y producían; han perecido a manos del verdugo casi todos los hombres que valían algo, y han muerto en las contiendas civiles más de cien mil jóvenes. Cuba está hoy casi desierta, pues su población no llega a noventa mil almas; el papel moneda que estaba casi a la par no tiene apenas valor, pues cada mil pesos billetes valen cinco centavos en plata.

—Bastante menos, pues a mí me cobraron cuatro mil pesos por el pasaje en el bote y me dijeron que sólo era un real en plata.

—Entonces ha bajado a la mitad desde que estoy preso. No me extraña, como no me extrañará algún día oír decir que nuestro Emperador don Sabicú II tiene una comida tan abundante y suculenta como la nuestra.

Pero ya siento necesidad de reposar, suspenderemos nuestra narración para luego, procure usted hacer lo mismo y buenas noches.

Dormían aún nuestros dos presos como dos bienaventurados, cuando el rechinamiento de los cerrojos les hizo despertar sobresaltados.

Era el carcelero que les traía su *almuerzo*, como llamaba el anciano irónicamente al mendrugo de pan negro y al cántaro de turbia agua con que dos veces al día les obsequiaba.

—Buenos días, dijo el carcelero depositando la consabida ración al lado de cada preso.

—Téngalos usted muy buenos, contestaron estos cortésmente.

—¿Sabe usted, don José, lo que se dice por ahí?, preguntó el carcelero al anciano.

—No es fácil que sepamos nada metidos día y noche en esta huronera.

—Pues se dice que se ha descubierto una nueva conspiración para unir a Cuba con España: esta noche se han hecho numerosas prisiones y dicen que a la tarde serán colgadas en el árbol de la Libertad, más de cien cabezas. Dicen también que al Cónsul español le han dado sus pasaportes y que está preso un emisario de España, al que someterán al tormento para que cante claro.

—¿Y sabe usted quien es ese emisario?

—Dicen que es uno que desembarcó hace cuatro o cinco días con nombre supuesto y con un pasaporte de ...... no me acuerdo del nombre del pueblo: es una cosa así como sucio...... ahora caigo....... sueco. Don Pantaleón dio un brinco. Don José observó el movimiento y dijo al carcelero. Le estará muy bien a ese emisario cuanto hagan con él por meterse a conspirar a favor de la tiranía española.

—Eso digo yo, agregó el carcelero con ferocidad. Hay que segar aún muchas cabezas: el árbol de la libertad no fecundiza sino con sangre. ¡Viva el Emperador Sabicú II!

Y después de este *patriótico* arranque, el carcelero se dirigió majestuosamente a la puerta, cerrándola tras sí.

—He aquí un hombre que hará fortuna en esta sociedad y tal vez algún día sustituya a Sabicú II, exclamó don José.

—¿Pero se ha fijado usted bien en lo que ha dicho ese salvaje?

—Todo lo he oído y por eso he dicho aquella barbaridad, por si el carcelero había reparado en el movimiento de sorpresa que usted hizo. Pero creo que por este lado no tiene usted nada que temer; todas esas conspiraciones son de otros tantos ambiciosos vulgares para derrocar a Sabicú y ponerse en su puesto; la muletilla para deshacerse de ellos, cuando son descubiertos, es España; estoy muy habituado a ver ese juego.

—Pero es el caso que si me toman a mí de mingo para su juego y me someten al tormento, estoy muy divertido.

—No es fácil que eso suceda. Lo más probable es, que el pasaporte de usted haya sugerido a Sabicú la idea del emisario español y en todo caso le será a usted muy fácil probar que viene de Suecia y es hijo de Cuba.

—Esto me tranquiliza, porque estoy horrorizado de cuanto veo y oigo, desde que llegué. Mentira parece que un pueblo de costumbres tan dulces y tan ilustrado se haya vuelto tan feroz y sanguinario y haya llegado a un estado próximo a la barbarie.

—Esas son las consecuencias de la libertad en los pueblos que carecen de educación política. Nada ha sucedido aquí que no sea lógico y natural y que no haya acontecido en otros pueblos en análogas condiciones. La historia de todos los países de la América del Sur es muy semejante a la de Cuba. El error nuestro es creer que podríamos dirigir la revolución y detenerla en el punto que nos conviniera; y hemos sido arrastrados por ella, como todos los que se han propuesto semejante quimera.

—Otras revoluciones, aunque han costado la vida a sus promovedores y torrentes de sangre, han dejado algo útil; pero las nuestras solo han producido la ruina del país y el retroceso al estado salvaje

Más dejemos estas tristes reflexiones y volvamos a nuestra narración; pues supongo a usted impaciente por conocer la misión de su hermano en Madrid.

VIII

—Su hermano de usted fue un verdadero profeta.

La contra revolución para restablecer la república dio por resultado derrocar al tirano Sabicú I para elevar a su hermano Sabicú II, mucho más sanguinario y salvaje que aquel. El primero tenía la ambición de mandar: mataba porque todos conspirábamos contra él y su escaso cacumen no le sugería otra política para defenderse de sus enemigos.

Este, impulsado por odios de raza y de familia, como dijo muy bien el licenciado Visiones, mata por afición a la sangre; cuando no conspiran contra él, inventa las conspiraciones para satisfacer sus instintos sanguinarios y a semejanza de Nerón ve en todas partes un sucesor y trata de exterminarlo. Ahí tiene usted explicadas esas hecatombes, pues se repiten casi diariamente en nombre de la libertad, por el delito de españolismo, que es el comodín para cometer esos crímenes jurídicos.

Esa bárbara tiranía de Sabicú II y la triste experiencia de la anarquía que reinó durante el breve tiempo que duró la república, hizo volver nuestros ojos hacia España. Los que sobrevivimos a las catástrofes ocurridas después de la memorable asamblea de la Isla de Pinos, en la que se rechazaron con toda indignación las proposiciones de la Metrópoli, estábamos arrepentidos de no haberlas aceptado. El amor propio, ese enemigo del hombre que tantas tonterías le obliga a hacer por no confesar que se ha equivocado, era la causa de que no nos comunicáramos nuestros pensamientos; pero cada uno *in pectore* tenía la misma idea.

Sabicú I había disuelto todas las sociedades de instrucción y recreo, por creerlas focos de conspiración, en lo que dicho sea en honor de la verdad, no iba muy descaminado; su sucesor ha cerrado la Universidad, los Institutos y hasta las Escuelas de primera enseñanza, habiendo costado mucho trabajo conseguir que los curas párrocos puedan dar lecciones los domingos en la Iglesia a puerta abierta, después de la misa mayor.

La academia de medicina es la única que se ha salvado del odio de este salvaje a la civilización y se debe que además de padecer él una enfermedad vergonzosa, es el hombre más aprensivo del mundo. Dice que no hay más que dos clases de hombres útiles a la sociedad: los médicos y los soldados: los primeros porque devuelven la salud al cuerpo, y los últimos porque con sus machetes cortan de raíz todos los males sociales.

La Academia de Medicina era por consiguiente, el único punto de reunión de los hombres civilizados, y en torno de ella se agruparon, unos como académicos, otros como catedráticos y los más como estudiantes: llegaron a matricularse alumnos de cincuenta y sesenta años. No faltó quien dijera á Sabicú que allí se conspiraba, lo cual era entonces una calumnia; pero él que quería mucho a los médicos, trató de enterarse por sí mismo; a cada rato se presentaba inopinadamente en la Academia y hasta llegó a introducirse en ella disfrazado. Cuando se convenció de que se nos calumniaba, hizo cortar la cabeza a los falsos calumniadores.

Desde que ocurrió este suceso, empezamos a comunicarnos nuestras ideas políticas en la Academia. La confianza de que no se sospechaba de nosotros nos hizo más comunicativos; y poco a poco la Academia fue un centro de conspiración.

Otra vez me tocó ser el jefe de la conspiración, cargo que acepté con la condición de no dar ningún paso sin explorar antes individualmente las ideas de los conjurados.

¡Cosa rara! no hablé con uno que defendiera la autonomía; todos estaban de acuerdo en trabajar por la anexión de España.

***

—Cada vez –dijo don Pantaleón– me parece más absurdo lo que usted me refiere, y si no conociera a usted creería falso su relato. ¿Es posible que los hombres cambien de ese modo en tan poco tiempo? Es inconcebible que los que durante cuatro centurias han sufrido la tiranía de España, traten de perder su independencia y libertad a tanta costa conquistadas para someterse de nuevo al férreo yugo de la Metrópoli.

—La música de siempre: ¡la libertad! ¿Le parece a usted buena la libertad que disfrutamos de comer este pedazo de pan negro o dejarnos morir de hambre? ¿Le gusta a usted la libertad de que disfruta desde que llegó a Cuba? ¿Le agradará la libertad de que le sometan al tormento para que declare que es un emisario del Gobierno español, cuando usted ni ha soñado en conspirar por la anexión?

—Pero me está usted hablando de una situación anormal y pasajera. Sabicú no ha de ser eterno.

—Estoy hablando de una situación permanente, detrás de Sabicú II vendrá tal vez otro período de anarquía como el que sucedió a Sabicú I y luego no faltarán otros Sabicús que hagan buenos a estos. Lo que nos sucede a nosotros les ha pasado antes a los pueblos del continente sud-americano. ¿Qué han adelantado con su decantada libertad en sesenta o setenta años?

—¡La libertad! Cuantas iniquidades se han cometido en nombre de esta sacrosanta palabra. La libertad para los griegos era mantener en la más odiosa esclavitud a los que no eran ciudadanos; para los romanos sojuzgar al mundo entero.

En la edad media la libertad consistía en ser señor feudal, tener vasallos y despojar al vecino de lo que poseía. Durante la revolución francesa del siglo XVIII todo francés era libre de pensar cómo los facciosos que ocupaban el poder o de morir en la guillotina. En Cuba disfrutamos la libertad de ser cortesanos de los asquerosos vicios de Sabicú, de podrirnos en un infecto calabozo o de adornar la Machina con nuestras cabezas.

—Sin embargo no me negará usted que merced a esa revolución que usted tanto condena, no me negará que el mundo ha progresado mucho durante el pasado siglo, justamente conocido con el nombre de siglo de las luces.

—Para poder afirmar que los adelantos de las ciencias y de la industria se deben a esa revolución, sería necesario demostrar que sin ella no se habrían hecho, lo cual es imposible por la sencilla razón de que esa revolución ha existido. Y creo que la aplicación del vapor de agua como fuerza motriz y de la electricidad como medio rápido de comunicación, que son los principales descubrimientos del siglo XIX y sobre los que se fundan todos los adelantos de la industria, no habrían dejado de hacerse aun cuando no hubieran venido al mundo Marat, Saint Just, Robespierre[8] y la guillotina hubiera permanecido ociosa o desconocida, creo más, y es que sin esa revolución no habría necesitado Europa sostener, durante un siglo en píe de guerra cinco millones de hombres, y que aplicados esos brazos a la agricultura y los enormes caudales que se invertían en pertrechos de guerra, maquinaria para la industria, el progreso hubiera sido mucho mayor, o por lo menos las clases proletarias disfrutarían mayor bienestar. Mas observo que me he olvidado de mi papel de historiador y divago por el campo de las conjeturas, vuelvo pues, a reanudar el hilo de nuestra historia con los sucesos de cuyo desenlace depende en mi concepto que Cuba vuelva a entrar en el concierto de los pueblos civilizados o se pierda para siempre en la obscura noche de la barbarie.

---

[8]   Louis Antoine Léon de Saint-Just (1767–1794) fue un joven militar francés que participó activamente en la Revolución de 1789. Junto Maximilien François Marie Isidore de Robespierre (1758-1794) y Marat se caracterizó por su radicalismo. Tuvo junto con Robespierre un rol central en el Club de los Jacobinos, y el Reino de Terror que siguió a la revuelta. Los revolucionarios franceses guillotinaban a sus enemigos políticos. Entre ellos a Louis XVI (1754-1793), y su esposa Marie Antoinette (1755-1793).

IX

—Recordará usted –prosiguió don José– una época que estaba muy en boga entre los autonomistas esta frase: «No volver la cara a Madrid.»

¡Como varían los tiempos! Ahora no sólo volvíamos la cara a Madrid, sino que nuestras miradas y nuestro pensamiento estaban constantemente fijos en la Corte de España. Recordábamos con pena los groseros insultos que habíamos dirigido a los laboriosos y honrados peninsulares, principales factores de la riqueza y del orden que habían desaparecido con la emigración española y reconocíamos avergonzados nuestra impotencia para gobernarnos, después de habernos vanagloriado con tanta petulancia de ser las clases intelectuales del país como se decía entonces.

Conformes todos en la necesidad de acudir a España para hallar remedio a nuestros males, resolvimos celebrar en la Academia una reunión para acordar el modo de solicitar la anexión.

En aquella junta nadie pidió la autonomía ni la asimilación: todos estuvimos de acuerdo en que la fórmula debía ser sencillamente «volver a formar parte integrante de la nación española. En lo único en que la opinión se dividió fue en que si España aceptaría o no la anexión. Opinaban unos que el desengaño ocurrido en Santo Domingo retraería al Gobierno español de correr nuevas aventuras en Cuba. Sostenían otros que el caso era muy distinto, pues la isla de Santo Domingo había estado separada mucho tiempo de la Metrópoli, aunque contra su voluntad, mientras que aquí la separación había sido producida por la fiebre política de un partido ciego que era precisamente el que reconociendo su error pedía la unión a España.

El licenciado Visiones fue el que con más elocuencia sostuvo esta última opinión:

«Cuba, decía, es España todavía a pesar de la separación. Nos unen los mismos lazos que antes a la Metrópoli, excepto los del Gobierno: tenemos la misma religión, hablamos el mismo idioma, nuestra legislación civil y penal no ha variado, ni nuestras costumbres tampoco; muchos tenemos nuestros padres, nuestros hermanos o nuestros hijos en la Península y nuestros intereses están ligados con los de los peninsulares ¿qué puede oponerse a nuestros honrados propósitos? España es una nación hidalga, que olvida los agravios como lo ha demostrado después de todas las insurrecciones, y si hace cinco meses nos abandonó a nosotros mismos, no lo hizo con el ruin deseo de perjudicarnos, sino cansada de nuestra tenacidad en conspirar y para que recibiésemos una lección, la cual estamos en estos momentos dando pruebas de haberla aprovechado.

«¡Nada temáis, la madre acogerá amorosamente a la hija que le pide volver a su regazo!

Estas palabras reanimaron a toda la Asamblea, acordándose por unanimidad que la comisión, presidida por el licenciado Visiones pasase secretamente a Madrid para concertar con el Gobierno español la anexión de Cuba.»

Don Pantaleón escuchaba esta parte de la narración con

la boca abierta y sin poder dar crédito a las palabras de D. José. Este conoció sin duda los sentimientos que dominaban a su compañero de prisión y le dijo:

—¿Le parece a usted inverosímil este desenlace de nuestra revolución? Nada es sin embargo más cierto, y su hermano de usted uno de los apóstoles más ardientes de la separación estará a estas horas negociando en Madrid la anexión de Cuba y tal vez lo haya conseguido.

—Yo creo –repuso don Pantaleón– cuanto usted me dice por más que no sepa darme cuenta de ello; pero todavía hay un hecho que usted no me ha explicado y es la causa de hallarse en esta prisión.

—Voy a satisfacer la legítima curiosidad de usted. Difícilmente habrá ejemplo de una conspiración que se haya llevado adelante con mayor sigilo ni con éxito más lisonjero. No se ha escrito en ella ni una sola palabra ni siquiera la Comisión llevó escritas las instrucciones que se le dieron. El pretexto que dimos para la salida de la Comisión, no pudo haberse elegido con más oportunidad; el mismo Sabicú nos lo sugirió, encargando a la Academia que nombrase cinco comisionados para asistir al Congreso Médico que ha de celebrarse este año en Barcelona. Pero por grande que sea el sigilo nunca falta una frase indiscreta que engendre la sospecha, sobre todo en gobiernos despóticos y suspicaces como el de Sabicú.

Ignoro lo que sucedió en el caso presente, sólo sé que al día siguiente de haber salido para la Península la Comisión, fui detenido y llevado a presencia de Sabicú. En el breve trayecto que hay desde el ex convento de San Agustín a la Plaza de Armas me tracé la línea de conducta que debía seguir. La Comisión, me dije, está asegurada, el éxito de la conspiración es casi seguro; preciso es por tanto que yo no lo comprometa y sacrifique si es necesario mi vida por el bien de mi país, ya que tanto daño le he causado con mis errores pasados. Hice, pues, el firme propósito de confesarme el único culpable salvando a todos mis compañeros, contra los que no podía haber ninguna prueba.

Cuando estuve en presencia del tirano, tranquilo con mi irrevocable resolución, me dirigió estas palabras:

—Sé que usted conspira contra el imperio para anexar Cuba a España. Es un delito de alta traición que se paga con la última pena; pero si usted me descubre sus cómplices aquí tengo un pasaporte para que desde aquí pueda usted embarcarse en un buque americano que sale hoy para México.

No podía estar más de acuerdo con mi propósito la brusca proposición de Sabicú, así es que sin vacilar le contesté con serenidad:

—Es cierto que conspiro con ese objeto porque creo firmemente que es la única salvación para mi país; pero no tengo cómplices de ninguna clase, porque hasta ahora solo he comunicado mis planes a los individuos de la Comisión científica que salieron ayer para la Península.

—Esta alusión mía a los comisionados tenía por objeto encaminar las sospechas de Sabicú hacia ellos, que estaban en salvo, y alejarlas de los demás conjurados. Vi con satisfacción que producía el efecto qué me proponía, pues me contestó:

—Entonces usted solo sufrirá la pena.

De allí fui trasladado a este lugar, donde hace mes y medio espero ser ejecutado.

***

—Aún no había expirado la última, palabra de los labios de don José, cuando un ruido de pasos de fuerza armada se sintió en el corredor que conducía al calabozo.

El doctor Visiones se incorporó y exclamó sobresaltado:
—¿No oye usted eso?

—Será, replicó con calma don José, el piquete de la guardia imperial de S. M. don Sabicú II, que vendrá a buscarme para adornar con mi cabeza el árbol de la libertad.

—¡Con que flema lo dice usted!

—¿Y qué quiere usted que haga? que me desespere, cuando soy uno de los principales autores de la triste situación a que ha llegado nuestro país! Esto sobre no ser cristiano, sería una insensatez. Además, he sufrido tanto que la muerte sería para mí la dulce amiga que invocaba Ovidio.

La puerta del calabozo se abrió bruscamente, penetrando en él un oficial seguido de un carcelero y de algunos soldados.

—¿Cuál de esos dos presos es Pantaleón Visiones, preguntó el oficial al carcelero.

Yo soy, dijo con bastante aplomo el doctor, ante» de que pudiera contestar el carcelero, quien se limitó a hacer una señal afirmativa.

—Sáquelo usted del cepo.

Cuando don Pantaleón logró desentumecer sus piernas y sostenerse derecho, preguntó al oficial con dignidad: ¿Puedo saber a dónde se me conduce?

—Lo ignoro por completo.

—¿Me permite que me despida de mi compañero de' prisión?

—No hay inconveniente.

Don José se incorporó, el doctor se arrodilló delante de él y se precipitó en sus brazos.

Largo rato permanecieron estrechamente abrazados, sin' pronunciar una palabra, sin lanzar un suspiro; pero la actitud de aquellos dos hombres era tan conmovedora que los rudos soldados que la contemplaban se sentían a su vez conmovidos.

—¡Vaya, basta ya! —exclamó bruscamente uno de los soldados, mirando con fijeza a don José y mientras hacía esfuerzos para desasir a los dos, introdujo con disimulo un papel en el bolsillo delantero de la raída americana del anciano, quien apercibido separó a don Pantaleón, diciendo: Serenidad y resignación.

El doctor Visiones salió custodiado por los soldados cerrándose tras de ellos la pesada puerta del calabozo.

Cuando se hubo perdido el último rumor de sus pasos, don José sacó de un bolsillo un cabo de vela y una caja de fósforos, puso lo primero en el suelo y la encendió. Enseguida desdobló el papel que el soldado le había deslizado furtivamente y leyó con avidez lo que sigue:

«Madrid 15 de abril de 1900.
Mi respetable y querido amigo. ¡Todo ha fracasado! Lo más terrible es que esta vez como siempre, la pasión política y un mal entendido amor propio se han sobrepuesto a la razón y a la conveniencia, dejando sepultado a nuestro desdichado país en las tinieblas de la barbarie, Pero no hay tiempo para detenernos en inútiles reflexiones y paso a dar a usted cuenta del resultado de nuestra misión.
Al llegar aquí desde la estación del ferrocarril, fuimos al Ministerio de Ultramar. El Ministro nos recibió muy bien, escuchó con atención nuestro plan, y cuando concluimos de exponerlo nos dijo:
Esta noche hay Consejo de Ministros, formulen ustedes por escrito su proyecto ya que la lamentable situación política de Cuba les ha impedido hacerlo allí y fírmenlo

los cinco; agregando bajo su palabra de honor los nombres de las personas de más viso que ustedes recuerden se han adherido al pensamiento de la anexión. Yo daré cuenta en Consejo y les prometo apoyar el plan en todas sus partes, por más que desde ahora preveo que algunas de las cláusulas que ustedes han impuesto, no serán aceptadas por el Gobierno.

Recordará usted, amigo mío, que todos nos sabíamos de memoria el plan convenido en la última Junta magna de la Academia y que teníamos escritos en los cuellos, puños y pecheras de nuestras camisas por la parte interior, el nombre de todos los conjurados; así es que, con mucha facilidad pudimos poner en manos del Ministro el precioso documento, antes de la hora señalada para el Consejo.

Excuso decir a usted que las horas transcurridas mientras se celebró el Consejo, se nos hicieron siglos y nadie pensó en comer: todos aguardábamos con febril impaciencia el resultado con la cara vuelta constantemente al palacio donde se reunieron los Ministros.

Por fin a las dos de la madrugada entró el Ministro de Ultramar en su despacho, donde le estábamos esperando desde las diez. Todos fijamos en él nuestras miradas tratando de descubrir en su fisonomía el resultado del Consejo.

—¿Y bien? exclamamos todos casi a una voz, después de haberle dado las buenas noches.

—El proyecto ha sido aceptado; pero con una ligera modificación.

Mis compañeros fruncieron el ceño y notándolo el Ministro prosiguió con calma: el Gobierno no ha creído conveniente aceptar la cláusula por la cual se obligaba a dar la carta otorgada que ustedes redactaron, no porque no esté dispuesto más adelante a eso mismo y mucho más. Esa cláusula la ha sustituido por esta otra: «La Isla de Cuba se regirá por leyes especiales, hasta tanto que se haya asegurado en el país la paz moral. Cuando esta se haya restablecido a juicio del Gobierno se irán aplicando las leyes de la Península con las modificaciones necesarias hasta llegar a la completa asimilación.»

—¿Y quién nos garantiza que España cumplirá lo que ofrece? —preguntó bruscamente el doctor Vitriolo.

—Lo ocurrido con Puerto Rico, contestó reposadamente el Ministro, que hoy es una provincia de España como otra cualquiera de la Península regida por idénticas leyes.

Si Cuba hubiera seguido el ejemplo de la isla hermana, hoy disfrutaría de iguales beneficios que ella; pero ha retrocedido mucho en poco tiempo, y el Gobierno no quiere comprometer su existencia con peligrosos ensayos. No otorga hoy la carta que ustedes desean porque cree que con ella conservaría su preponderancia la raza dominante y sería imposible la repoblación de la Isla, primera necesidad a que es preciso atender, dando grandes garantías de paz y de orden a los pobladores.

A mí me parecieron tan razonables y juiciosos los propósitos del Gobierno español, que no vacilé en declararlo; pero mis compañeros de Comisión, siguiendo las inspiraciones del doctor Vitriolo combatieron la modificación de la cláusula con un lenguaje virulento, lleno de frases agresivas para España y su Gobierno, ahogando mi voz con descompasados gritos.

El ministro les escuchó con bastante sangre fría y cuando acabaron de desahogarse les dijo: pueden someter el proyecto con la modificación acordada en Consejo de Ministros, a sus poderdantes y si estos la aceptan el Gobierno realizará enseguida la anexión.

El doctor Vitriolo insistió en que el Gobierno diera la carta otorgada, sin cuyo requisito la comisión rechazaba la anexión, adhiriéndose a él los otros tres comisionados: el ministro y yo sostuvimos que la comisión no tenía facultades para admitir ni desechar, sino sencillamente para someter a las clases ilustradas de Cuba el proyecto.

Se agrió la discusión, el ministro dijo, que la resolución de su Gobierno era irrevocable y no entraría en negociaciones de ninguna clase mientras no se conservase en toda su integridad la modificación hecha a la referida cláusula; mis cuatro compañeros se fueron por los cerros de Ubeda y el ministro ya cansado a las seis de la mañana, nos dijo que éramos muy dueños de aceptar o no las proposiciones del Gobierno; pero que de uno u otro modo había terminado la conferencia.

Al salir del Ministerio nos fuimos a comer, cenar y desayunar, todo en una pieza, al café del Siglo XX. Allí traté de disuadir de nuevo a mis tenaces compañeros; pero todo fue inútil. Mañana salen para Barcelona, abandonando por completo la verdadera comisión que aquí les trajo, y no es esto lo peor, sino que los cuatro han cometido la imprudencia de escribir por el correo americano el resultado de la comisión a todos nuestros amigos, exponiéndolos a las iras del bárbaro Sabicú,

Yo estoy desesperado y no sé qué hacer. Escribo a usted esta carta ignorando todavía si tendré un medio seguro de hacerla llegar a sus manos sin comprometerle.

Si Dios quiere que usted las reciba y tenga medios de contestarme sin peligro, le ruego me dé sus sabios consejos; pues yo no vuelvo a Cuba aunque me maten y no pienso dejar por ahora a Madrid, donde me tiene usted hospedado en los altos del café del siglo XX

Mucho me atormenta la idea de no haber tenido todavía carta de usted. ¿Qué habrá sucedido?

Para colmo de desdichas hoy ha llegado a mi poder una carta que hace seis meses anda rodando por todas las administraciones de Europa y América. Es de mi hermano Pantaleón en la cual me anuncia desde Stokolmo, que regresa a Cuba. No creo que haya hecho semejante disparate, si se ha enterado del funesto fin de nuestra revolución; pero sólo la idea de que haya podido realizar su propósito, me quita el sueño.

Adiós: tengo el corazón desganado. De usted siempre invariable amigo.

Antonio Visiones.

Terminada la lectura de la carta permaneció largo rato don José sumido en amargas reflexiones.

Es preciso reconocer —pensaba— que existe la Providencia y que los pueblos lo mismo que los individuos expían más pronto o más tarde sus faltas.

Hemos estado largos años sembrando odio a España; amamantando con él a nuestros hijos e inculcándolo en el corazón de nuestros discípulos y cuando reconocemos nuestras culpas y volvemos nuestros ojos a la hidalga nación que nos dio la libertad y la civilización, nuestros buenos deseos fracasan, no por falta de longanimidad de la amorosa madre, sino por una leve arista que se interpone en nuestro camino, por un doctor Vitriolo, instrumento de que se vale la Providencia para castigarnos.

Hemos estado enseñando a los infelices seres que nos gobiernan a hollar el derecho, a erigir en su lugar la fuerza, y cuando aprovechando nuestras lecciones siegan nuestras cabezas porque les estorban para seguir gobernando nos revelamos contra su barbarie.

Al llegar a este punto de su monólogo don José se acordó del doctor Visiones, a quien con la lectura de la carta había olvidado.

—¡Segar cabezas! —dijo con débil voz, estremeciéndose.— A esta hora tal vez haya caído la de ese joven lleno de vida y de ilusiones; víctima inocente de las faltas de otros:

—No, no —prosiguió con febril exaltación— tampoco es inocente.

Su padre era un honrado peninsular que a fuerza de inteligencia, trabajo y privaciones, logró reunir una gran fortuna que él ha derrochado en orgías y en conspirar contra su patria, mientras su hermano Antonio, huérfano y desamparado se ha formado por sí solo y ha sido el consuelo de la triste viuda.

Sí, sí, existe la Providencia: Pantaleón el que despreciaba a su padre porque era un artesano, el que renegaba de su patria y de su sangre, muere en manos del salvaje Sabicú sin honor y sin gloria y Antonio el hijo piadoso, que cuidaba de su madre en la ancianidad, el que ha expuesto mil veces su vida por volver a su país al seno de la Madre Patria, se halla en Madrid sano y salvo después de haber hecho el último esfuerzo en favor de tan generosa idea.

¿Y yo mismo no soy una prueba viviente de que existe la Providencia?

Yo, el jefe de todas las rebeliones y conspiraciones contra España y contra mí mismo país, he visto caer una a una todas las cabezas de mis amigos y cuando agobiado por los años y los remordimientos, deseo la muerte como un bien supremo, me veo condenado cual Prometeo a vivir encadenado y a presenciar todos los desastres que he ocasionado a mi país con mi palabra y con mis escritos. ¿No es esto un castigo providencial?

Nuevo ruido de pasos de gente armada vino a interrumpir el monólogo.

La puerta del calabozo se abrió; unos cuantos soldados mandados por un sargento penetraron en él silenciosamente y sacaron a don José del cepo; pero al anciano le fue imposible tenerse en pie.

——Que traigan unas parihuelas –dijo lacónicamente el sargento.

La orden fue obedecida y el preso atado a las parihuelas llevado en ellas por dos números.

Don José creyó que había llegado su última hora y dando gracias a Dios recogió su espíritu y empezó a orar mentalmente

Con gran asombro suyo vio que los que le conducían

en vez de llevarlo a la Machina, que era el lugar del suplicio penetraron en la ciudad hasta llegar a la estación del ferrocarril de Villanueva. Allí le desataron de las parihuelas y le hicieron subir a un vagón descubierto, donde se hallaban hacinados unos ochenta o noventa presos todos blancos.

Aun cuando no vio ninguna señal de locomotora, creyó que aquel carro se uniría más tarde a algún tren; pero al poco rato engancharon al vagón tres yuntas de bueyes

—¿Cómo es que no ponen una máquina? —preguntó tímidamente a uno de los compañeros de infortunio.

—¡Máquina! —exclamó el interpelado, con asombro— ¿de dónde sale usted?

—He estado mes y medio preso en un calabozo sin ver la luz del día.

—Entonces me explico la pregunta. Hace más de veinte días que el tráfico por esta vía, único que funcionaba, se ha interrumpido. Ya no hay en Cuba otro medio de locomoción que éste y pronto desaparecerá también, porque los rails se los lleva el que quiere sin que nadie le moleste.

Supongo que ignorará usted también que todas las líneas telegráficas han desaparecido y que la Empresa del cable se retiró, porque lo que producía no alcanzaba para costear el alumbrado,

—Lo ignoraba aun cuando nada me extraña ya.

En llegar a Matanzas tardamos probablemente dos días, porque hay muchos tramos de línea donde le faltan los rails y se pierde mucho tiempo en volver a encarrilar el carro, además del que se tarda en caminar sobre el afirmado.

—¿Sabe usted que vamos a Matanzas?

—Lo he sabido por uno de los guardias.

En aquel momento una voz bronca impuso silencio y el wagón [sic] comenzó a deslizarse pausadamente sobre la vía.

XI

Era una de esas espléndidas noches de los trópicos, iluminadas por la luna llena, en que las estrellas palidecen ante el resplandeciente satélite: ni la más ligera nube empañaba el plateado azul de la bóveda celeste; cruzaban el espacio miríadas de luciérnagas, produciendo el efecto de una lluvia de estrellas erráticas: miles de voces de los insectos y de las aves nocturnas hacían vibrar el aire con misteriosa harmonía; y una brisa fresca y suave llevaba hasta el carro de los presos el delicioso aroma de las flores silvestres.

Don José admiraba aquel sublime espectáculo de la Naturaleza con la misma religiosa contemplación que si la presenciara por primera vez, aspiraba con avidez el perfumado ambiente que refrescaba y ensanchaba sus pulmones, y escuchaba aquel concierto de voces confusas con más delicia que en sus mocedades un aria de la Patti o de Gayarre. Completamente abstraído por aquellas sensaciones que embargaban sus sentidos había olvidado su situación y no veía y oía nada de lo que pasaba en el carro, su alma, cual si se hubiese desprendido del pesado fardo de la vida terrena, extasiada ante las maravillas de la creación, se elevó hasta el Creador por medio de una oración sublime ofreciéndole sus amarguras pasadas y las que aún hubiera de sufrir en expiación de todas sus culpas y pidiéndole fervorosamente que redimiera a su país de todos los males en que lo habían sumido los errores de algunos de sus hijos.

Sus compañeros de infortunio menos preocupados que él por la belleza del cuadro que se desarrollaba a su paso, ya porque no hubieran estado encerrados durante tanto tiempo en un obscuro calabozo o hubieran sufrido menos que él, ya porque la desgracia presente preocupara su ánimo, hablaban en voz baja divididos en diferentes grupos.

—Ese canalla de Vitriolo, decía uno de ellos, es el que lo ha echado todo a perder, y mientras él se pasea por Barcelona, va a perecer bajo el machete de Sabicú lo único que queda de la raza blanca.

—¿Y cómo ha sabido usted que él es el causante de las prisiones de los conjurados?

—Por esa hada que llamamos casualidad y que yo empiezo a llamar Providencia. La víspera del día que se hicieron las primeras prisiones llegó a mi casa muy agitado mi primo Eduardo diciéndome que todos estábamos en inminente peligro, porque Sabicú había embargado toda la correspondencia de España que trajo el vapor francés *Fatalité*.

Presumía Eduardo que en ella venían cartas de los comisionados para nosotros porque un cartero que le es adicto sustrajo una que venía dirigida a él y en ella le decía el licenciado Lilaina, que por iniciativa del doctor Vitriolo habían sido rechazadas por la mayoría de la Comisión las proposiciones de anexión del Gobierno español. Yo le dije a mi primo que no me parecía inverosímil que los comisionados hubiesen cometido la indiscreción del Licenciado Lilaina y aun cuando Sabicú abriese la correspondencia no corríamos el menor peligro. Eduardo insistió en que sí y me propuso que me embarcara con él en el vapor *Fatalité*, que aún estaba en el puerto. ¡Ojalá hubiera seguido su consejo! Al volver de dejar a bordo a mi primo, fui detenido en el mismo muelle.

—¿Pero cómo podía sospechar Sabicú que en el *Fatalité* venían cartas? Eso es inverosímil aun suponiendo que tales cartas existan.

—Pues yo todo me lo explico ahora perfectamente. Es claro que Sabicú no podía sospechar la existencia de semejantes cartas; pero no solo sospechaba sino que sabía que los comisionados iban a conspirar a favor de la asociación y nada de extraño tiene que embargara la correspondencia por si en ella había algún antecedente de la conspiración.

—Eso es más inverosímil aún porque entonces hubiese colgado a los comisionados de la machina.

—No tuvo noticias de la conspiración hasta unos días después de haber salido la comisión y mal podía haber colgado a los comisionados, aunque supongo que no le faltarían ganas de hacerlo.

—Entonces nos hubieran colgado a nosotros.

—¡Tampoco! Hay un secreto que muy pocos conocen y que voy a revelar a ustedes, porque ya no puede aumentar o disminuir nuestros peligros y explica perfectamente todo lo que pasa.

Pocos días después de salir la comisión uno de los conjurados de más viso fue detenido y llevado a presencia de Sabicú. Temiendo que el tirano sospechaba de la conjuración, resolvió salvarnos a todos ofreciéndose como única víctima a la sed de sangre del monstruo y para que fuese más verosímil su propia acusación, le dijo que él y cinco comisionados que estaban a salvo eran los únicos conjurados en favor de la anexión. Sabicú dio completo crédito a esa relación y en vez de hacer rodar la cabeza de aquel hombre lo recluyó a una mazmorra, reservándolo sin duda para cuando pudiera descubrir la conjuración y saciar por completo su venganza con una hecatombe.

—¿Y quién fue ese hombre tan heroico?

—Nuestro venerable jefe don José Galindez.[9]

Al oír pronunciar su nombre don José volvió a la vida real.

—¿Quién se ocupa aquí de mí? preguntó con voz triste.

Los del grupo se volvieron hacía él y le saludaron respetuosamente.

—Yo he sido el que ha nombrado a usted. Estaba refiriendo a estos señores las causas que en mi concepto han motivado que se haya descubierto nuestra conspiración para efectuar la anexión a España, que usted tal vez ignora.

—Desgraciadamente sé que los desdichados que fueron a la Península han cometido la indiscreción de escribir a sus amigos el fracaso de las negociaciones; las consecuencias las he adivinado al ver este carro cargado de presos.

—Es una infamia que debían pagar con su vida el doctor Vitriolo y sus secuaces.

—¡Es el dedo de Dios! exclamó solemnemente don José, elevando sus ojos al cielo.

Todos se estremecieron y guardaron un respetuoso silencio.

El verdugo de las nuevas víctimas que esta insaciable revolución se prepara a devorar soy yo, prosiguió el anciano con inspirado acento, el doctor Vitriolo es solo el ins-

---

9   Nótese la similitud entre el nombre de don José Galindez y el del líder del Partido Autonomista cubano José María Gálvez (1834-1906).

trumento de que se ha valido la providencia para casti-
garme. Yo esperaba que mi cabeza sería ahora la primera
que cayese; pero sin duda la Justicia divina quiere que pre-
sencie la muerte de todos los que he inducido a error en
expiación de mis culpas. ¡Hágase la voluntad de Dios!

Los presos escuchaban al anciano con respeto, mez-
clado de asombro. Aquel lenguaje en boca de su jefe, a
quien tenían por ateo, les sorprendía y creyéndolo fruto de
la debilidad de su cerebro a causa de sus muchos sufrimientos, movidos del mismo impulso, ninguno quiso con-
tradecirle.

Don José volvió a entregarse de nuevo a la contemplación de la Naturaleza y a sus profundas meditaciones.
Los presos fueron poco a poco acomodándose para dormir
y al poco rato al concierto de los insectos y de las aves nocturnas se unió el de los ronquidos.

***

El viaje fue largo y penoso. La monotonía solo se inte-
rrumpió dos veces durante el día para dar a los presos la
ración de pan y agua con que el emperador Sabicú II les
obsequiaba.

Al amanecer del tercer día se ofreció a la vista de los
viajeros el bello panorama de la ciudad, término por entonces de su viaje.

La gentil Yucayo vaciaba en el mar las plateadas aguas
del San Juan y Yumurí con indolente tranquilidad que
contrastaba de un modo singular con las tumultuosas emociones que agitaban a los pobres presos. Poco a poco se fue
acercando el carro a la estación, en otros tiempos tan llena
de animación y bullicio y ahora solitaria y silenciosa.

Los presos se apearon y fueron conducidos por una fuerte escolta de la Guardia Imperial al castillo de San Severino. A su paso por las calles se fue engrosando una turba de chiquillos que les siguió hasta la fortaleza; gritando: ¡Mueran los tiranos, viva Sabicú II!

—¡Quien nos había de decir que seríamos tiranos!, dijo riendo uno de los presos a don José.

—Esos inocentes, contestó gravemente don José, aun cuando no saben lo que dicen proclaman una terrible verdad. Nosotros hemos disfrutado de todos los beneficios de la esclavitud a que ellos estuvieron sometidos.

Cuando por efecto de la revolución española de 1868, vimos que ya no podíamos seguir explotándolos, los vendimos y los escarnecimos, llamándonos hipócritamente sus libertadores.

Después nuestros desaciertos los llevaron al poder y hemos conspirado constantemente contra ellos.

¿Cabe mayor tiranía?

En aquel momento la cuerda de presos se detuvo delante del castillo de San Severino.

Un oficial salió a recibirlos, se hizo cargo de ellos y fue distribuyéndolos seguido de la escolta en las diferentes bóvedas de la fortaleza, las cuales quedaron literalmente llenas; pues todas ellas contenían ya gran cantidad de prisioneros.

Al entrar don José en su nueva prisión un hombre vestido con el traje de los presidiarios y con el cabello y la barba afeitados se arrojó en sus brazos.

El primer impulso del anciano fue desviarlo; pero fijando en él su mirada lo reconoció y lo estrechó cariñosamente.

Era el doctor Visiones.

XII

Pocas horas después de haber entrado don José en el Castillo de San Severino, todos los presos estaban rapados a navaja y vestidos con un pantalón y saco de rusia, en cuyas espaldas estaba pintada con almagre una enorme T, cuyo significado iba diciendo el pintor a cada preso, a medida que estampaba la letra, con estas palabras sacramentales: *Por traidor*.

Nuestro héroe sufrió aquella nueva humillación con cristiana mansedumbre.

Ya no pensaba más que en la patria celestial y si alguna vez se acordaba de la terrena era para pedir a Dios que su sangre la redimiera y la raza que la dominaba fuese feliz cuando se quedase sola.

El doctor Visiones que en el transcurso de ocho días había sufrido tan diversas emociones, empezaba a darse cuenta de la verdadera situación en que se hallaba su desventurado país y a comprender cuanta parte tenía en ella la funesta política anti-española de sus correligionarios y sus duros ataques al derecho y al principio de autoridad. Sentía remordimientos por su conducta pasada; pero no quería confesarlo y cuando en un rincón de la bóveda donde estaba recluido podía hablar con don José, se esforzaba todavía en defender sus antiguos errores, que eran siempre victoriosamente combatidos por los incontestables argumentos del desengañado anciano. Veía claramente que el fin de aquella revolución tan tenaz y laboriosamente preparada durante los dos últimos tercios del siglo anterior, iba a ser la extinción de la raza blanca en Cuba, ya por la emigración espontánea, ya por el ostracismo o cadalso; y sin embargo se rebelaba contra la evidencia.

La carta de su hermano Antonio que le había leído don José acabó de persuadirle de que el único medio do salvación para la Isla era el que se habían propuesto los únicos cubanos ilustrados que quedaban en ella volviendo al seno de la Madre Patria; pero sus arraigadas preocupaciones eran más fuertes que su misma voluntad y seguía sosteniendo en sus discusiones con los demás presos que era aún posible mantener la independencia.

Don José concluyó por no hacerle caso.

La existencia en el castillo de San Severino era insoportable porque hacinados los presos en un espacio relativamente pequeño, falto de aire y de aseo, sintiendo el calor sofocante del verano, sufrían mucho.

Ocho días no más habían trascurrido desde que la conspiración, descubierta por Sabicú, había atestado de prisioneros todas las fortalezas de la Isla, y ya la mayor parte de los presos del castillo de San Severino estaban enfermos, habiendo sido necesario habilitar un hospital en las antiguas habitaciones del Gobernador.

Solo don José conservaba una salud perfecta a pesar de su avanzada edad y de sus sufrimientos y en la bóveda que ocupaba llegaron a quedar solamente el doctor Visiones y otros tres pesos.

Todos habían declarado ya en el proceso mandado instruir por Sabicú y ninguno había negado su participación en el proyecto de anexión, excepto don Pantaleón, el cual realmente no había tomado parte alguna en la conspiración.

Una tarde que departían los presos acerca de su próximo fin, sintieron de pronto un fuerte tiroteo dentro del castillo, al que siguió un gran tumulto de gente, oyéndose distintamente gritos de ¡Viva la República! ¡Muera Sabicú! ¡Viva la Libertad!

—Ya tenemos otra república que durará ocho días y será quizás más sanguinaria que el segundo imperio, dijo con calma don José al oír aquellos gritos.

—Pero por lo pronto recobraremos la libertad, agregó uno de los presos, y salvaremos nuestras vidas.

—Y de qué nos servirán la libertad y la vida para habitar entre cafres?

—¡Déjese usted ahora de filosofías, dijo otro preso con violencia, y procuremos hacer ruido para que no nos dejen olvidados aquí!

Y uniendo el dicho al hecho los cuatro presos repitieron con todas sus fuerzas los vivas y mueras que habían oído.

Al poco rato se acercó a ellos un grupo de paisanos armados que llevaban al carcelero con un gran manojo de llaves y le hicieron abrir la reja de la bóveda. El que hacía de Jefe de la partida se dirigió a los presos y les dijo con énfasis: ¡Ciudadanos estáis libres! ¡Viva la República! ¡Abajo el tirano!

Todos repitieron aquellos gritos y salieron a la calle.

XIII

No se equivocó don José al predecir en sus últimos momentos de permanencia en el Castillo de San Severino que la República proclamada duraría ocho días y sería más sanguinaria que el despótico Gobierno de Sabicú II, En efecto, cometiéronse toda clase de tropelías y enconado Sabicú por la derrota sufrida; pues ignoraba que en la Isla se minaba su trono, y a él le preocupaba únicamente la conspiración que llegó a descubrir, para la anexión a España, pillándole de sorpresa por consiguiente, la proclamación de la República y no pudiendo perdonar golpe tan audaz y atrevido contra su imperio ¿qué hizo? pues solicitó y obtuvo la alianza con los Estados Unidos de América y entablóse empeñada lucha que dio por resultado que invadieran el país los yankees en su mayor parte pertenecientes a la raza de color, que puebla en el Sur de la Gran Nación y arrollados los cubanos hubieron de sucumbir a su dominación quedando definitivamente constituido el Cuban State, cuyo gobernador llamábase Coronel Shark (Tiburón), no sin antes haber tenido que pactar con las demás naciones europeas de primer orden las condiciones bajo las cuales entraba a dominar la Isla la Gran República y con objeto de evitar para el porvenir nuevas guerras, gestiones que realizó hábilmente el Gobierno de Washington en el brevísimo plazo

de 45 días y que dieron nombradía a los reputados diplo-
máticos que intervinieron en tan notable tratado a todas
luces beneficioso para su país y con este último golpe quedó
implantada la doctrina de Santiago Monroe, que negaba
en su famoso proyecto, convertido en realidad, la inje-
rencia en América de los gobiernos europeos.

***

El pobre don José Galíndez sufrió lo que no es decible
en este corto espacio de tiempo y debido a las vicisitudes
mil y privaciones que había experimentado, a lo que se
unía su avanzada edad, hallábase en la postración más
completa. Por fortuna, en medio de calamidad tanta se
halló cuando menos lo esperaba, con el moreno Pedro, fiel
esclavo que fue de nuestro héroe y que durante el despótico
Gobierno de Sabicú II desempeñó el cargo de Gobernador
de Isla de Pinos, en cuyo puesto cesó al comenzar la dominación *yankee*, retirándose él y su familia a Matanzas
donde poseía algunos bienes. En esta población es donde
se encontró con su antiguo amo y al verlo en tan lamentable situación lo recogió solícito y se lo llevó para su mo-
desta casa.

XIV

Dos meses han transcurrido desde que tuvieron lugar los sucesos que hemos referido en el capítulo anterior.

Desde entonces don José, retirado en la casa de su fiel amigo el moreno Pedro, hacía una vida de cenobita, no saliendo a la calle sino a la madrugada para oír la primera misa en la iglesia de San Carlos. El resto del día lo pasaba leyendo la historia de América, a la que había tomado gran afición o se entretenía con los niños de Pedro a los que refería la prodigiosa historia del descubrimiento del Nuevo Mundo y las hazañas de los españoles que trajeron a él la luz del Evangelio y de la civilización; complaciéndose también en tomar parte en sus juegos infantiles.

Magdalena la mujer de Pedro era una robusta parda muy hacendosa que auxiliada de su hija mayor, moza que no había cumplido aún quince años hacía todos los quehaceres de la casa, la cual parecía una taza de plata.

Gracias a sus cuidados, don José, que ya frisaba en los ochenta, se había repuesto tanto, que parecía que se había quitado de encima lo menos dos lustros.

El honrado ex-gobernador de la Isla de Pinos poseía una tierra de labor cerca de la ciudad, con cuyo producto atendía holgadamente a la subsistencia de su familia; así es que en aquella casa todo respiraba bienestar y orden.

Una mañana que toda la familia estaba reunida en el patio tomando café bajo el frondoso emparrado, se presentó en la entrada de aquél un *policeman* negro, y sin quitarse el sombrero ni pronunciar una sola palabra entregó a Pedro una boleta. El ex-gobernador se restregó los ojos, miró y remiró el contenido del papel y lo pasó a manos de don José, diciendo:

—Vea usted si entiende eso, porque yo no comprendo una jota.

El anciano tomó el papel. A medida que iba leyendo su fisonomía se contraía dolorosamente y después de que hubo terminado, dijo a Pedro muy conmovido.

—Querido Pedro, es preciso tener valor. Los nuevos dominadores de esta desventurada tierra, no matan como los Sabicús, pero despojan a los que habéis trabajado, en nombre de la libertad y del progreso.

En este papel que está escrito en inglés, sin duda para que lo entiendas mejor, te dice el Gobierno de la Gran República, que si no pagas la contribución impuesta a las diez caballerías de tierra anexa a tu pequeño sitio de labor, en el improrrogable plazo de ocho días te rematarán en pública subasta unas y otro para pagarla.

—Pero eso es una injusticia atroz, porque esas caballerías nada producen y sin embargo pretenden que pague como si produjesen.

—Pues ese es el gran sistema americano para desalojar a los naturales de los territorios donde sientan su planta. Para que la tierra no permanezca improductiva le imponen la misma contribución a los terrenos incultos que a los cultivados.

—¿Y cómo he de atender al de las diez caballerías de tierra, si apenas puedo con el de la caballería que tengo labrada. ¡Que se queden con las diez caballerías incultas para cobrarse las contribuciones; pero que no me despojen de mi propiedad!

—Pues ahí está la madre del cordero, querido Pedro, si se hiciese lo que tú con tanta justicia dices, aunque despojado de parte de tu propiedad, podrías seguir viviendo tranquilamente en tu país con tu sitio de labor, mientras que rematando toda tu hacienda tendrás que mudarte a otra parte a ganar el sustento para tu familia: la raza llamada anglo-sajona no consiente ninguna otra donde ella está.

¡Eso es una iniquidad de la que apelaré......!

—A Dios, Pedro, sólo a Dios, porque sólo él te escuchará.

—¿Con qué es decir que habremos de abandonar el país donde nacimos, la tierra regada con nuestro sudor, nuestras lágrimas y nuestra sangre, el hogar donde se han cobijado nuestras mujeres y nuestros hijos?

—Ese será el resultado final de la anexión a los Estados Unidos. Pero no culpes a los americanos, no culpes á Sabicú II que negoció esa anexión para librarse él y los suyos de tantos enemigos, no culpes a los que en mal hora se separaron de España: cúlpanos a nosotros los que corremos en pos de una utopía, que después de haber arruinado a esta hermosa tierra fecundada con nuestro sudor y por el de los españoles, lo hemos inundado de sangre generosa; cúlpame a mí que tantos años he dirigido el partido autonomista conduciendo ciego al país a su perdición; yo soy el que te despoja hoy de tu propiedad, el que dejó en la miseria a tí y a tus inocentes hijos, después de haberte sumido muchos años en la esclavitud. ¡Perdón, Pedro, perdóname, para que me perdone Dios!

Y el anciano inundado su rostro de lágrimas, cayó de rodillas a los pies de su antiguo esclavo.

—¡Levántese usted, señor! –exclamó Pedro conmovido.– Todavía existe nuestra verdadera Patria, que no nos rechaza y nos llama amorosa. En España hay también un bello cielo, tierras fértiles que al agricultor activo le devuelven con creces el fruto de sus trabajos y de sus fatigas. En aquella sociedad donde el negro honrado y culto alterna con el blanco y no se le separa como aquí hasta en el templo, cual si fuese un apestado, podemos vivir tranquilos y felices.

El *policeman* que había observado esta escena inmóvil como una estaca hizo un gesto de impaciencia indicando a Pedro por señas que firmase la boleta. El exgobernador tomó el papel y firmó sin vacilar, devolviéndoselo al *policeman* y señalándole la puerta.

El funcionario público se alejó pausadamente.

***

Epílogo

E ra una tarde del 1° de noviembre de 1900.

Las campanas de las iglesias de la Habana teñían el triste toque de difuntos, citando a los fieles a orar por los que se fueron.

En un bote atracado al muelle de la Machina, entraron dos hombres blancos: uno muy anciano y otro como de treinta y cinco años de edad, seguido de una familia de color compuesta de matrimonio y cinco hijos, que tendrían de cinco a quince años de edad.

Cuando estuvieron acomodados en el bote el anciano y el hombre de color besaron las piedras del muelle con respetuosa emoción y el primero exclamó con voz entrecortada por los sollozos: ¡Al bergantín Desengaño!

El otro hombre blanco al oír aquel nombre lanzó un suspiro.

—Ese barco es el que me trajo a Cuba aún no hace seis meses. Su nombre fue de mal agüero para mí y ahora presagio nuevos desengaños,

—No crea usted en agüeros, ni en desengaños, crea usted en Dios y vivirá tranquilo los años que le resten de existencia.

Los desengaños que ha experimentado usted en Cuba,

los habría sufrido lo mismo aun cuando hubiese arribado en el bergantín Ilusiones en el que usted y yo y otros imbéciles como nosotros hemos navegado muchos años sin ver más allá de nuestras narices, desconociendo la filosofía de la historia y creyéndonos unos hombres de Estado, sólo porque poseíamos un título académico.

Nos empeñamos en tener una patria fuera de la patria, una nación fuera de la nación. Estos infelices negros a quienes enseñamos todos los derechos y ningún deber, aprovecharon la lección y quisieron a su vez con mayor razón que nosotros tener su pequeña patria, donde ellos solo dominasen. Hoy ellos y nosotros somos iguales; ni unos ni otros podemos vivir en el país en que nacimos, porque somos en él extranjeros y los que lo dominan nos rechazan. Dios es justo, porque muchos años pretendimos rechazar a nuestros compatriotas, que nos traían con su trabajo el bienestar y la riqueza, llamándolos forasteros y llenándolos de insultos. Hoy, blancos y negros vamos a implorar una patria y un hogar y a semejanza del pueblo judío se los pedimos a los que más hemos vilipendiado.

—Don José la comparación no es exacta –dijo el moreno en quien el lector habrá sin duda reconocido ya al excelente Pedro. Nosotros no somos judíos que vamos a mendigar una patria y un hogar de los cristianos; pues lo somos y españoles, y como tales lo seremos en la magnánima y cristiana España, que ha perdonado y olvidado siempre los agravios de sus extraviados hijos. Hemos perdido por nuestra culpa el paraíso terrenal en que nacimos; pero somos más dichosos que nuestros primeros padres; pues no se nos arroja a tierra ingrata y desconocida sino que vamos a otro paraíso que en aciagos días para la Patria conquistaron los hijos del falso Profeta y del que fueron arrojados cuando Cuba salía del estado salvaje, para formar parte de la patria española.

No parece sino que la Providencia al arrojar a los infieles de las risueñas vegas de Granada, preparaba aquella de promisión para los desheredados de la Perla de las Antillas. Demos pues, gracias a Dios que tan misericordioso es con nosotros.

—Tienes razón Pedro –exclamó conmovido don José, y en breves palabras has mostrado al par que un corazón noble y agradecido, mayor ingenio que todos los héroes juntos de nuestra funesta revolución.

Mientras tanto el bote había atracado a la escala del bergantín, por la que subieron los viajeros lentamente a la cubierta, donde se sentaron bajo la toldilla de popa junto a otros pasajeros.

Al poco rato se presentó el capitán del Desengaño a saludar a los huéspedes.

El vizcaíno reconociendo a don Pantaleón, le preguntó jovialmente:

—¿Qué tal doctor, cómo le ha ido por Cuba libre?

—No hablemos de eso capitán, quisiera que olvidásemos las tonterías que dije abordo durante mi viaje.

—Por mi parte están olvidadas –dijo el vizcaíno tendiendo a don Pantaleón francamente su mano– y en prueba de alianza en cuanto acaben de levar anclas despacharemos unas botellas de sidra en compañía de estos señores y a la salud de España.

Media hora después el bergantín Desengaño con sus rizadas velas cruzaba majestuosamente la bahía.

Los pasajeros con una copa del espumoso licor en la mano contemplaban la marcha del barco.

Al llegar a la boca del Morro mandó izar el capitán la

bandera española, saliendo de todos los pechos este espontáneo grito:

¡Viva España!